Il la rega... rapace ép... prole

"Epousez-moi et votre grand-mère habitera le manoir de Beaulieu jusqu'à sa mort."

Mélanie sentit son cœur bondir dans sa poitrine et s'agrippa au bord du siège. "Vous ne parlez pas sérieusement?"

"Absolument," confirma James Kerr, glacial. "A mon avis, c'est une compensation très raisonnable."

"Si j'accepte, dois-je en déduire que ce sera un...un véritable mariage?"

"Naturellement."

"Et si je refuse?"

"Le manoir de Beaulieu sera vendu."

"Vous êtes odieux!"

"Les affaires sont les affaires," lui rappela-t-il.

"Mais je vous connais à peine et vous exigez que...Oh, mon Dieu!"

DANS HARLEQUIN ROMANTIQUE

Yvonne Whittal
est l'auteur de

DANS COLLECTION HARLEQUIN

Yvonne Whittal
est l'auteur de

Le manoir de Beaulieu

Yvonne Whittal

Harlequin Romantique

PARIS · MONTREAL · NEW YORK · TORONTO

Publié en décembre 1983

©1983 Harlequin S.A. Traduit de *Bitter Enchantment*,
©1979 Yvonne Whittal. Tous droits réservés. Sauf pour des
citations dans une critique, il est interdit de reproduire ou
d'utiliser cet ouvrage sous quelque forme que ce soit, par des
moyens mécaniques, électroniques ou autres, connus
présentement ou qui seraient inventés à l'avenir, y compris la
xérographie, la photocopie et l'enregistrement, de même que
les systèmes d'informatique, sans la permission écrite de
l'éditeur, Editions Harlequin, 225 Duncan Mill Road, Don Mills,
Ontario, Canada M3B 3K9.

ISBN 0-373-41230-4

Dépôt légal 4ᵉ trimestre 1983
Bibliothèque nationale du Québec et Bibliothèque nationale
du Canada.

Imprimé au Québec, Canada—Printed in Canada

1

Mélanie Ryan était pelotonnée dans un fauteuil sous la fenêtre. Elle n'avait pas touché au thé posé sur la petite table auprès d'elle et, la mine sombre, regardait à travers les carreaux ruisselant d'eau, le vaste jardin où les balisiers fleurissaient pour la dernière fois avant l'hiver. Il pleuvait sans arrêt depuis deux jours et la tempête avait redoublé durant les funérailles de son père, le matin même.

Avec l'aide de Miss Wilson, l'infirmière, elle avait dû soutenir sa grand-mère au cimetière pour l'empêcher de s'effondrer. Celle-ci, cependant, n'avait pu supporter cette dure épreuve et dès leur retour au manoir de Beaulieu, il avait fallu appeler d'urgence le docteur Forbes.

La jeune fille laissa échapper un long soupir et passa une main lasse dans ses cheveux blonds comme les blés, qui encadraient des traits fins et retombaient en boucles soyeuses sur ses épaules. Elle n'avait pas fermé l'œil la nuit précédente ; en fait, elle avait très peu dormi depuis qu'elle avait appris, quelques semaines auparavant, la faillite de l'entreprise familiale. Puis, deux jours plus tôt, son père était décédé subitement, sans doute par suite de ses revers de fortune.

Ces deux événements, qui s'étaient succédé à si

bref intervalle, avaient porté un coup terrible et à Mélanie et à sa grand-mère ; pour cette dernière, toutefois, la disparition soudaine de ce fils idolâtré s'était avéré catastrophique. Dès les obsèques terminées, le médecin lui avait administré un soporifique et à l'heure actuelle, la vieille dame dormait dans sa chambre.

L'avenir se présentait plutôt mal, en avait conclu Mélanie. Après une longue discussion avec le notaire, elle avait découvert — oh, miracle ! — que le manoir de Beaulieu leur appartenait toujours. Grâce à son emploi à la filature elle s'arrangerait donc pour conserver cette demeure qu'elles chérissaient tant toutes deux.

Le manoir de Beaulieu était une vaste et vieille résidence qui se dressait au milieu d'un parc de plusieurs hectares sur une colline à proximité de Johannesburg. A l'instar de sa grand-mère, la jeune fille était profondément attachée à cette propriété et rien, *rien au monde* ne la forcerait à s'en défaire.

Sur ces entrefaites, un frappement discret la tira de sa rêverie et quelques instants plus tard, Flora, portant un tablier immaculé, annonçait la visite de M. James Kerr. Mélanie fronça les sourcils : *James Kerr ?* Ce nom lui rappelait quelque chose ; où donc l'avait-elle entendu ? Elle adressa néanmoins un bref signe de tête à la fidèle domestique pour lui permettre de le faire entrer.

Elle se leva ensuite et lissa d'une main les plis de sa jupe de lainage d'un bleu profond, de la même teinte que ses grands yeux frangés de cils longs et soyeux.

Elle reconnut immédiatement son visiteur ; elle l'avait aperçu à l'enterrement et il l'avait alors dévisagée avec une telle insistance que — chose curieuse — elle en avait eu le souffle coupé. Et maintenant, tandis qu'ils se retrouvaient l'un en face de l'autre, dans le salon spacieux, somptueusement meublé, elle se sentit étrangement oppressée.

Grand, la carrure impressionnante, James Kerr s'avança vers son hôtesse d'un pas décidé. Il avait les cheveux noirs, les traits accusés. Cependant, ce furent ses yeux, d'un gris d'acier, qui déconcertèrent Mélanie par-dessus tout ; sous ce regard perçant qui la détailla de la tête aux pieds, elle perdit contenance telle une adolescente gauche et timide. Agée de vingt-trois ans, elle se comportait d'ordinaire avec assurance...

— Il y a eu un malentendu fit-il enfin d'une voix exceptionnellement grave et teintée d'impatience. J'ai demandé Mme Bridget Ryan.

— Ma grand-mère est actuellement sous calmants et ne reçoit personne, monsieur Kerr, le renseigna-t-elle en déployant un effort pour se ressaisir. Puis-je vous être de quelque secours ?

Il lui jeta un coup d'œil dédaigneux et lança sur un ton ironique :

— Que connaissez-vous au juste des affaires de votre père ?

— Suffisamment pour être en mesure de répondre à vos questions, répondit-elle prudemment.

Sa voix douce et chaude s'était faite de glace tant l'attitude de son visiteur l'avait mise hors d'elle.

— Asseyez-vous, je vous en prie, ajouta-t-elle.

Il prit aussitôt un siège mais refusa d'un geste agacé la boisson qu'elle lui offrait. C'était un homme résolu, songea-t-elle en l'observant, un homme qui n'hésiterait pas à remuer ciel et terre pour parvenir à ses fins... A cette pensée, elle fut parcourue d'un frisson inexplicable.

— Saviez-vous que votre père jouait à la Bourse ? s'enquit-il, interrompant ainsi le fil de ses réflexions.

— Oui, acquiesça-t-elle en joignant ses mains sur ses genoux pour les empêcher de trembler. Il avait perdu gros depuis un an mais je ne vois pas en quoi cela vous concerne.

— J'ai bien connu votre père, Miss Ryan. Nous déjeunions ensemble à l'occasion, pour discuter affaires, répliqua-t-il en feignant d'ignorer la remarque de son interlocutrice. Ayant essuyé une perte considérable à la Bourse, il décida de cesser toute spéculation et de renflouer son entreprise. Aussi, lorsqu'il s'adressa à moi pour obtenir un prêt, le lui accordai-je.

— Combien... combien vous emprunta-t-il ?

— Trente-cinq mille rands, répliqua-t-il sans hésiter tandis que la jeune fille blêmissait.

— Mon Dieu... gémit-elle.

Même si elle vendait les quelques bijoux hérités de sa mère, elle devrait travailler d'arrache-pied durant toute sa vie pour rembourser cette dette.

— Vous ne possédez pas une telle fortune, n'est-ce pas, Miss Ryan ?

Elle agrippa nerveusement le bras de son fauteuil sous le regard froid, calculateur de son visiteur.

— Les assurances de mon père suffiront à peine à payer ses créanciers et je crains que cette maison et les meubles... ajouta-t-elle avec un grand geste de la main, ne constituent notre unique bien.

Durant un moment, seul le tic-tac de la pendule sur la cheminée se fit entendre. James Kerr, immobile sur sa chaise, examinait son interlocutrice avec attention ; « tel un rapace épiant sa proie », songea-t-elle avec un frisson. Sur ce, il sortit de la poche de son élégant veston une grande enveloppe et la lui tendit.

— Je vous conseille de jeter un coup d'œil là-dessus.

Quand elle prit connaissance du contenu, elle fut anéantie. Son père avait offert en gage le manoir de Beaulieu et, en retour, James Kerr lui avait prêté une somme considérable. D'après les papiers dûment signés, s'il advenait quoi que ce soit à Hubert Ryan avant le remboursement intégral de l'emprunt, le manoir de Beaulieu devait être vendu. Une partie du produit de la vente, serait versée à James Kerr ; le reste reviendrait à Bridget Ryan et à Mélanie pour leur permettre d'acheter une maison plus petite et plus confortable.

Livide, la jeune fille lui rendit l'enveloppe mais ses mains tremblaient si fort qu'elle faillit la laisser échapper.

— Monsieur Kerr... commença-t-elle, la gorge nouée, avez-vous l'intention de vendre notre maison afin de toucher cette somme ?

— Auriez-vous une autre suggestion à me proposer ? rétorqua-t-il en haussant un sourcil sévère.

L'assurance de cet homme la mit hors d'elle. Comment osait-il se montrer si calme, si indifférent alors qu'elles étaient sur le point, sa grand-mère et elle, de perdre cette demeure qu'elles chérissaient tant ?

— Mon père n'avait aucun droit d'offrir le manoir de Beaulieu en gage ! Et vous, vous n'aviez aucun droit d'accepter ce marché ! s'écria-t-elle, furieuse, en bondissant sur ses pieds.

— En affaires, Miss Ryan, il n'y a pas de limites à ce que l'on peut offrir ou accepter en gage, fit impatiemment James Kerr en se levant à son tour. Renseignez-vous auprès d'un avocat ; il vous répondra que j'ai parfaitement le droit de m'approprier le manoir afin de recouvrer cette somme.

— Mais cette propriété nous appartient !

— C'est mon argent qui a servi à régler certaines dettes de votre père, vous semblez l'oublier ! ripostat-il. Peut-être ferais-je mieux de revenir une autre fois pour en discuter avec votre grand-mère, ajouta-t-il en se dirigeant vers la porte à grandes enjambées.

— Non ! s'écria-t-elle, les yeux agrandis par la peur, le visage livide. Si elle apprenait cette nouvelle, elle en mourrait ! Je vous en supplie, monsieur Kerr... laissez-moi le temps de réfléchir ! Je trouverai bien un moyen de vous rembourser cet emprunt !

Il ne répondit pas immédiatement. Lui refuserait-il cette faveur ? se demanda-t-elle.

— Je vous accorde un délai d'une semaine, finit-il par accepter, puis je reviendrai.

— Je... ne pourrions-nous pas nous rencontrer ailleurs ? suggéra-t-elle. Ma grand-mère... je ne voudrais pas...

— Alors, à mon bureau, l'interrompit-il, sur un ton plus conciliant. Vendredi prochain, quatorze heures trente, continua-t-il en lui tendant sa carte.

Après son départ, Mélanie se rappela pourquoi ce nom de James Kerr lui avait semblé si familier. Eût-elle été moins lasse, moins éperdue de douleur, elle se serait souvenue immédiatement de cet homme auquel les journalistes consacraient souvent des articles : Grand industriel, président-directeur général de la Société d'ingénierie *Cyma,* il approchait de la quarantaine. S'il fallait ajouter foi à la rumeur, les femmes succombaient à son charme. On le disait supérieurement intelligent et surtout, impitoyable. Non seulement inspirait-il le respect mais également la peur...

La peur ! Voilà exactement ce que ressentit la jeune fille à cet instant précis. Quelle serait la réaction de son aïeule, en effet, en apprenant que James Kerr pouvait s'emparer de sa chère demeure... le manoir de Beaulieu ?

Miss Wilson quitta son siège au chevet de Mme Ryan comme Mélanie pénétrait dans la chambre dont on avait fermé les épaisses tentures.

— Comment se porte-t-elle ? s'enquit l'arrivante à voix basse.

— Elle dort paisiblement, répondit l'infirmière. Elle en a bien besoin.

La jeune fille hocha la tête en guise d'assentiment et s'approchant du grand lit à baldaquin, prit tendrement la main fine, fragile de sa grand-mère et la porta à sa joue.

Si seulement elle pouvait elle aussi trouver le même réconfort dans le sommeil ! songea-t-elle avec une pointe d'envie. Depuis la mort de son père, elle avait été incapable de verser une seule larme tant son chagrin l'accablait.

— Vous auriez intérêt à vous reposer, remarqua Miss Wilson, devinant la lassitude de Mélanie.

— Ne vous préoccupez pas de moi, la rassura son interlocutrice. Il y a encore tant à faire ! ajouta-t-elle en pensant qu'il lui faudrait parcourir tous les papiers de son père.

— Vous avez tout le temps, insista Miss Wilson.

Mais déjà la jeune fille secouait fermement la tête, en signe de dénégation :

— Je dois absolument mettre de l'ordre dans les affaires de papa.

— Voilà une tâche bien lourde pour vos frêles épaules, répliqua la garde en fronçant les sourcils.

— J'en viendrai à bout, n'ayez crainte, affirma-t-elle avec un sourire las en quittant la pièce. « Il le faut, coûte que coûte », murmura-t-elle, accablée, en descendant l'escalier.

Dans le cabinet de travail, elle vida un premier tiroir sur le bureau. Il lui restait une semaine pour trouver trente-cinq mille rands, une semaine pour trouver parmi ces documents quelque indication lui permettant de réaliser ce qui, de prime abord, paraissait impossible.

Elle passa l'après-midi à trier méthodiquement notes et correspondance. Quand elle prit place à table pour dîner, elle n'avait encore rien découvert mais sa besogne n'était pas terminée, loin de là. Un peu plus tard, Flora rapporta à la cuisine les plats intacts, et marmonna que sa jeune maîtresse serait bientôt l'ombre d'elle-même si elle persistait à ne pas vouloir manger.

Mélanie se servit une seconde tasse de café et retourna au cabinet de travail. Qu'adviendrait-il si ses recherches se révélaient infructueuses ? James Kerr vendrait-il le manoir de Beaulieu sans le moindre scrupule ?

— Il n'hésitera pas un seul instant ! s'exclama-t-elle en posant bruyamment sa tasse dans sa soucoupe.

Elle passa sur son front une main lasse. Si James Kerr était si riche aujourd'hui, ce n'était certainement pas pour avoir pris ses débiteurs en pitié ! Rien n'arrêterait cet homme… pas même la santé précaire d'une vieille dame minée par le chagrin.

La jeune fille s'accouda à la table et découragée, enfouit son visage entre ses paumes. C'est ainsi que la trouva Adrian Louw quelques minutes plus tard.

— Le moment est sans doute mal choisi pour vous rendre visite, dit-il d'une voix hésitante en apercevant les innombrables papiers étalés devant elle.

— Non, Adrian, le rassura-t-elle avec un pauvre sourire tandis que son visiteur refermait la porte sans bruit. Au contraire, je suis contente d'avoir un peu de compagnie.

— Je serais venu plus tôt mais j'ai cru que vous préféreriez rester seule pendant un moment, expliqua-t-il en s'asseyant sur le bord du bureau.

— Vous êtes très bon d'y avoir pensé, j'apprécie votre geste.

— Vous semblez épuisée, remarqua-t-il. Ce n'est guère flatteur, je sais, ajouta-t-il d'un air piteux, mais je m'inquiète à votre sujet.

— Vous n'avez aucune raison de vous tracasser, répliqua-t-elle.

Il lui souleva le menton et la força à le regarder.

— Quand donc finirez-vous par comprendre que je vous aime ?

— Je vous en prie, je ne…

— Je sais, je sais, l'interrompit-il en relâchant son étreinte tandis que son visage puéril affichait une expression peinée. Je me demande pourquoi toutes les femmes que je connais me traitent comme un frère…

Mélanie observa son visiteur. Mince, les cheveux bruns à reflets roux, Adrian était un compagnon agréable ; il lui avait déclaré son amour à plusieurs reprises mais elle n'éprouvait envers lui qu'une profonde tendresse. Sans doute aurait-elle mieux fait de mettre un terme à leur amitié quand elle s'était aperçue des sentiments du jeune homme à son égard ; cependant, jamais elle n'avait eu le cœur de lui avouer la vérité. Aussi, depuis six mois, Adrian lui demandait-il régulièrement sa main.

— Un jour, vous rencontrerez une jeune fille qui vous considérera comme un fiancé, fit-elle gentiment.

— Je ne partage pas votre avis mais le moment est mal choisi pour en discuter, trancha-t-il avec un haussement d'épaules. Dites-moi, qu'êtes-vous en train de faire au juste ? s'enquit-il en jetant un coup d'œil sur les documents éparpillés sur le bureau.

— Je trie les papiers de mon père, soupira-t-elle. Adrian… vous vous occupez de finance… peut-être pourriez-vous m'éclairer sur un sujet.

— Je ne demande qu'à vous aider, vous le savez bien, répliqua-t-il aussitôt avant de s'allumer une cigarette.

— Comment procède-t-on pour emprunter de l'argent ? demanda-t-elle.

Elle envisageait en effet d'obtenir un prêt qui lui permettrait de conserver le manoir de Beaulieu tout en remboursant à James Kerr la dette de son père.

— Cela dépend de l'importance du prêt. S'il s'agit d'une somme modique, on s'adresse à une société financière ; il en existe plusieurs. En revanche, pour une grosse somme...

— Disons, à titre d'exemple, que l'on veuille obtenir... trente mille rands, l'interrompit-elle prudemment.

— Il faut alors avoir un répondant ou une garantie quelconque.

— Qu'entendez-vous par « garantie » ? Cette maison, par exemple ? s'enquit-elle.

Elle venait de prendre conscience que la situation était sans espoir.

— Cette maison, oui, ou tout autre bien susceptible de couvrir le montant de l'emprunt, expliqua-t-il.

— Et si l'on ne possède aucun objet de valeur ? insista-t-elle en évitant le regard de son ami.

— Dans ce cas, il est inutile d'y penser.

— Je vois...

Mélanie se mit à ranger machinalement les papiers posés sur le bureau. Elle était forcée de se rendre à l'évidence : rien ne pourrait empêcher James Kerr de vendre le manoir.

— Mélanie, auriez-vous des soucis financiers ? Enfin...

Adrian hésita ; lorsque la jeune fille posa les yeux sur lui, il se mordit la lèvre inférieure, écrasa sa cigarette dans le cendrier d'un geste rageur puis se levant, enfouit ses mains dans ses poches et se mit à faire les cent pas dans la pièce.

— Les affaires de votre père n'étaient pas en ordre à sa mort, je sais. Cependant, si vous aviez besoin d'argent... poursuivit-il.

— Disposez-vous de trente mille rands ? l'interrompit-elle, une ombre de moquerie dans la voix.

— Non... répondit-il en secouant la tête. Mais je pourrais les obtenir pour vous.

— En offrant le manoir de Beaulieu en gage ? demanda-t-elle en réprimant un rire nerveux.

— Cela va de soi, répliqua-t-il en la scrutant du regard. Vous n'avez pas encore répondu à ma question... Avez-vous besoin de cette somme ?

— Non, mentit-elle.

Pour quelque raison inexplicable, elle refusait de se confier à son ami.

— En êtes-vous certaine ? insista-t-il, esquissant une moue dubitative.

— Bien sûr, voyons ! Et maintenant, aidez-moi à classer ces papiers, voulez-vous ?

Ils travaillèrent en silence pendant près d'une heure.

— Si je puis vous être utile, faites-le-moi savoir, s'obstina son compagnon un peu plus tard comme elle le raccompagnait vers la sortie.

— Vous êtes très gentil de me le proposer, mais...

— Il n'y a pas de mais, la contredit-il en la prenant par les épaules pour la forcer à le regarder.

Elle murmura un remerciement. Adrian effleura sa joue d'un baiser avant de tourner les talons et de courir sous la pluie vers sa vieille Chevrolet garée dans l'avenue. Mélanie referma ensuite la porte et la verrouilla. Elle était complètement déprimée soudain ; mais elle avait beau savoir que le manoir de Beaulieu était irrémédiablement perdu, elle refusait de s'abandonner au désespoir tant qu'elle n'aurait pas examiné avec soin chaque document rangé dans le bureau de son père.

Le lendemain matin, à son réveil, Mélanie, les traits tirés, jeta un coup d'œil sur le jardin endormi. La pluie avait cessé durant la nuit et le vent s'était calmé.

Il était six heures passées, nota-t-elle en consultant la pendule. Elle se leva avec un soupir, revêtit son peignoir, sortit de sa chambre et enfila le couloir moquetté pour se rendre chez sa grand-mère.

— Comment se porte-t-elle aujourd'hui ? s'enquit-elle en pénétrant dans la pièce au moment où Miss Wilson écartait les rideaux.

— Beaucoup mieux, ma chérie, je vous remercie, fit son aïeule sans laisser à l'infirmière le loisir de répondre.

— Oh, grand-mère, j'étais si inquiète ! s'exclama Mélanie en accourant vers le lit.

Elle alluma la lampe de chevet afin de mieux voir la vieille dame ; mais déjà celle-ci avait remarqué les cernes mauves sous les yeux de sa petite-fille, ses joues amaigries.

— Vous devriez demander au docteur Forbes de vous prescrire un calmant, ma chérie, remarqua Mme Ryan tout en lui faisant signe de s'asseoir. Vous n'avez sans doute pas fermé l'œil de la nuit.

L'intéressée esquissa un sourire ; jamais elle n'avait pu cacher quoi que ce soit à sa grand-mère...

— A quoi bon se laisser abattre ? continua-t-elle en tapotant la main de Mélanie. La vie continue et après tout, nous avons encore le manoir ! Entre nous, mon enfant, il faudra d'abord que l'on me passe sur le corps pour l'obtenir !

La jeune fille sentit sa gorge se nouer. Si James Kerr vendait le manoir de Beaulieu, son aïeule en mourrait.

16

— Grand-mère, pour quelle raison papa a-t-il commencé à investir en Bourse ? questionna-t-elle pour tenter de mieux comprendre ce père qu'elle avait aimé et respecté.

— Je l'ignore, mon enfant. Pourquoi un homme dilapide-t-il ainsi l'argent qu'il a mis si longtemps à amasser ? Est-ce par soif de pouvoir ou par avarice ? Dans le cas de votre père, je suis incapable de risquer une hypothèse. Mon fils chéri n'est plus là pour se défendre, ajouta la vieille dame d'une voix brisée.

— Je suis navrée, chuchota Mélanie d'un air contrit en caressant ses cheveux gris et soyeux. Je n'aurais pas dû aborder cette question.

— Au contraire, répliqua Bridget Ryan en se ressaisissant. Il vaut mieux parler des sujets qui nous tracassent. Rien ne sert de réprimer ses sentiments ; sinon, l'on finit par exploser.

La jeune fille se pencha, posa un baiser sur la joue parcheminée, et murmura :

— Vous êtes un amour ! Que serais-je devenue sans vous ?

— C'est à moi plutôt de vous poser cette question ! Qu'aurais-je fait sans votre soutien, mon enfant... et sans l'aide précieuse de Miss Wilson ? ajouta-t-elle comme l'infirmière lui prenait le pouls. Vous avez été si bonnes pour moi !

— Il ne faut plus parler, madame, mais vous reposer maintenant, déclara gentiment la garde.

— Et moi, je vais aller m'habiller, annonça Mélanie en se levant à contrecœur. A plus tard, grand-mère !

La jeune fille fit sa toilette et après avoir revêtu un pull et un pantalon, descendit prendre son petit déjeuner. Elle mangea du bout des lèvres ; la phrase de sa grand-mère lui revenait sans cesse à l'esprit :

« Il faudra d'abord que l'on me passe sur le corps pour obtenir le manoir de Beaulieu... »

Elle laissa échapper un gémissement sourd et cacha son visage entre ses mains. Et si elle était incapable d'empêcher James Kerr de mettre sa menace à exécution ?

Elle aurait de la peine à quitter sa demeure, certes ; mais ce n'était rien en comparaison de la tragédie que vivrait sa grand-mère.

Il lui fallait donc *absolument* trouver une solution à ce problème. Elle finirait bien par découvrir parmi les papiers de son père quelque indice qui jusque-là avait été négligé !

2

Le taxi redémarra à vive allure. Mélanie se retrouva seule sur le trottoir, devant le gratte-ciel abritant les bureaux de la Société *Cyma* où l'attendait James Kerr. Elle avait eu beau examiner soigneusement les papiers de son père, ses recherches s'étaient révélées infructueuses. La veille, au bord du désespoir, elle avait consulté un avocat mais il n'avait pu que confirmer ses appréhensions ; le manoir de Beaulieu devait être vendu à moins que son créancier ne lui accorde un répit...

Les grandes portes vitrées s'ouvrirent silencieusement à son approche puis la jeune fille s'engouffra dans l'ascenseur jusqu'au dixième étage. Le cœur battant à tout rompre, elle s'annonça à la réceptionniste et quelques instants plus tard, pénétrait dans le vaste bureau de James Kerr. Ce dernier se leva et lui indiqua une chaise d'un geste brusque. Mélanie y prit place et alors seulement elle se rendit compte que ses jambes la soutenaient à peine ; quant à son hôte, il se rassit dans son fauteuil derrière sa table.

— Allons droit au fait, fit-il sans plus de cérémonie. Avez-vous réussi à trouver l'argent ?

Elle aurait donné beaucoup pour être en mesure de lui remettre un chèque mais elle était forcée de s'avouer vaincue.

— Non, j'en ai été incapable.

— Dans ce cas, il ne me reste plus qu'à me conformer aux instructions de votre père, déclara-t-il froidement.

— Monsieur Kerr... se risqua-t-elle en oubliant délibérément toute fierté. J'aime le manoir de Beaulieu et je répugne à m'en séparer ; mais par égard pour ma grand-mère, je vous supplie de ne pas le vendre. Du moins, pas tout de suite.

— Je ne vous suis pas très bien, Miss Ryan, dit-il d'un ton sec.

— Ma grand-mère est âgée, elle est de santé délicate. Elle vit au manoir depuis son mariage et en chérit le moindre recoin. Le décès de mon père et... les événements qui l'ont précédé, lui ont porté un coup terrible, continua-t-elle, la gorge serrée. Si... si vous cédez la propriété, elle... elle en mourra.

L'industriel, la mine incrédule, se mit à triturer machinalement son stylo en or.

— Si je comprends bien, vous me demandez de remettre à plus tard la vente de votre maison.

— C'est exact, répondit-elle en baissant la tête avant d'ajouter vivement : Libre à vous, bien sûr, de prélever des intérêts sur la somme que nous vous devons.

Durant un long moment, le silence le plus absolu régna dans la pièce. Puis, James Kerr posa son porte-plume sur un buvard, se leva et contourna la table. Il portait un costume impeccablement coupé, soulignant des épaules larges, des hanches étroites.

— J'ai l'impression que vous avez longuement réfléchi à cette question.

— Je n'avais pas le choix, admit-elle, terrifiée par ce regard dur fixé sur elle. Ma grand-mère est profondément attachée à cette demeure ; elle est souffrante depuis quelque temps et je n'ose penser aux conséquences qu'entraînerait un autre choc.

— Autrement dit, conclut-il les yeux étrangement brillants, vous me demandez d'attendre la mort de votre aïeule avant de vendre le manoir de Beaulieu.

Une lueur d'espoir éclaira brièvement les immenses prunelles bleues de Mélanie.

— Mme Ryan n'est pas au courant de ce marché entre votre père et moi, je présume, poursuivit-il en se mettant à arpenter la pièce.

— Jamais elle ne devra l'apprendre, fit-elle.

Comme elle était tendue ! se rendit-elle compte soudain en jetant un coup d'œil sur ses mains crispées.

— Monsieur Kerr, continua-t-elle, m'accorderez-vous cette demande... par égard pour une vieille dame qui n'en a plus pour très longtemps à vivre ?

— Si j'acceptais, répondit-il, j'aurais évidemment droit à une compensation...

— Une compensation ? répéta-t-elle. Je... je ne comprends pas !

— Vraiment ? rétorqua-t-il, esquissant une moue railleuse.

Il la détailla lentement de la tête aux pieds. Mélanie, qui connaissait la réputation de son vis-à-vis, comprit enfin le sens de ce regard ; elle respira profondément avant de balbutier :

— Vous ne me demandez pas de...

— D'avoir une aventure avec moi ? termina-t-il, moqueur, tandis qu'elle rougissait. Y consentiriez-vous ?

— Non ! s'écria-t-elle. Jamais !

— Je m'en doutais bien, remarqua-t-il calmement.

Il s'assit sur le bras d'un fauteuil, lui tendit un étui en or. Comme elle refusa d'un signe de tête, il prit une cigarette et l'alluma.

— Non, Miss Ryan, reprit-il enfin. Ce n'est pas une aventure que je recherche mais le mariage.

Epousez-moi et votre grand-mère habitera le manoir de Beaulieu jusqu'à sa mort.

La jeune fille sentit son cœur bondir dans sa poitrine et s'agrippa au bord du siège.

— Vous ne parlez pas sérieusement ? s'enquit-elle d'une voix brisée.

— Absolument, confirma-t-il, glacial.

— Mais c'est absolument grotesque !

— Vous croyez ? dit-il en examinant le bout incandescent de sa cigarette. A mon avis, c'est au contraire une compensation très raisonnable.

Elle comprit alors qu'il ne plaisantait pas et elle blêmit.

— Si j'accepte, dois-je en déduire que ce sera un... un véritable mariage ? s'enquit-elle d'une voix blanche.

— Naturellement.

— Et si je refuse ?

Les yeux gris se firent d'acier.

— Le manoir de Beaulieu sera vendu.

Mélanie pâlit encore davantage.

— Vous êtes odieux !

— Les affaires sont les affaires, lui rappela-t-il en écrasant son mégot dans le cendrier. Je m'arrange toujours pour parvenir à mes fins mais dans ce cas-ci, je trouve mes conditions plus que raisonnables.

— Raisonnables ! Mais je vous connais à peine ! Et vous exigez que je... Oh, mon Dieu !

Elle enfouit son visage entre ses mains tremblantes. Si elle épousait cet homme, elle serait à sa merci pendant que sa grand-mère continuerait de mener une existence paisible au manoir.

— Ce n'est pas une condamnation à perpétuité, fit-il avec un sourire cynique. Quand la maison sera finalement vendue, peut-être me serai-je lassé de vous ; vous serez alors libre de partir. De nos jours, il est facile d'obtenir un divorce.

— J'aimerais y réfléchir, tergiversa-t-elle.

James Kerr retroussa le poignet de sa chemise et consulta sa montre.

— Vous avez dix minutes.

— Dix minutes ? s'exclama Mélanie, hors d'elle soudain.

— C'est largement suffisant pour imaginer le sort qui attend votre grand-mère si vous refusez ma proposition ! rétorqua-t-il.

Il se leva, traversa la pièce et appuya sur un bouton ; un pan de mur s'ouvrit pour laisser apparaître un petit bar. Il versa dans deux verres une boisson ambrée, puis de l'eau de Seltz.

— Buvez, ordonna-t-il en revenant auprès d'elle. Cela vous calmera et vous aidera à entendre raison.

La jeune fille porta le liquide à ses lèvres d'une main tremblante et avala une gorgée. L'eau-de-vie lui brûla la gorge et elle fut prise d'une quinte de toux tandis qu'à sa grande honte, ses yeux se mouillaient de larmes. Elle perçut alors une lueur amusée dans le regard de James Kerr.

— Comme j'aimerais vous envoyer au diable ! cria-t-elle, furibonde, en se tamponnant les paupières avec son mouchoir.

— Je m'en doute un peu, riposta-t-il. Et maintenant, Mélanie, si vous répondiez à ma question par l'affirmative ?

En l'entendant prononcer son prénom, elle fut parcourue d'un frisson désagréable.

— Je n'ai guère le choix, n'est-ce pas ?

— En effet, répliqua-t-il en la scrutant intensément avant de terminer son verre d'un trait. J'entrerai en rapport avec votre employeur à la filature et le prierai d'accepter votre démission dès vendredi prochain.

— Comment se fait-il que vous sachiez où je travaille ?

— Je me suis renseigné sur votre compte, cette semaine, ma chère.

— De quel droit ? exigea-t-elle, indignée. Craigniez-vous que je disparaisse en ne tenant aucun compte de la dette de mon père ?

— Non, fit-il d'un ton ferme. Vous êtes trop fière, trop courageuse pour commettre une telle lâcheté.

Cette remarque étonna la jeune fille.

— Si vous le saviez, pourquoi alors avoir mené votre petite enquête ?

— Parce que je m'intéresse à vous, répondit-il d'une voix rauque et sensuelle qui lui mit les nerfs à vif. Vous avez vingt-trois ans et votre mère est morte en vous mettant au monde. Votre père ne s'est jamais remarié et c'est votre grand-mère qui vous a élevée. Vous fréquentez un certain Adrian Louw et s'il n'en tenait qu'à lui, vous seriez déjà mariés. Quant au reste, Mélanie Ryan, j'ai l'intention de l'apprendre après notre mariage.

Les joues en feu, elle détourna le regard.

— Ce n'est sûrement pas la première fois que vous vous intéressez à une femme.

— Je ne le nie pas.

— Vous êtes d'ailleurs réputé pour votre succès auprès d'elles, insista-t-elle.

En apercevant sa mine amusée, Mélanie rougit violemment.

— Je ne vis pas en ermite et je ne l'ai jamais caché, annonça-t-il, sans se démonter. D'un autre côté, je ne suis pas un chaud partisan du mariage mais il existe toujours une exception à la règle. Je savais pertinemment qu'en dehors de la légalité, vous me refuseriez ce que je voulais.

— Employez des termes moins crus, je vous en prie ! suffoqua-t-elle en bondissant sur ses pieds.

James Kerr se leva à son tour. Ils furent si près

l'un de l'autre soudain que la jeune fille, affolée, s'écarta vivement.

— J'aime appeler les choses par leur nom, expliqua-t-il avec un petit rire sardonique. Mais revenons plutôt à notre sujet, poursuivit-il comme si de rien n'était. Je prendrai les dispositions nécessaires pour que la cérémonie ait lieu samedi prochain.

— C'est impossible ! s'écria-t-elle, affolée. Je ne...

— A compter d'aujourd'hui, c'est moi qui décide, Mélanie Ryan, l'interrompit-il durement.

— Avez-vous songé à la réaction de ma grand-mère quand je lui annoncerai cette nouvelle ! se hasarda-t-elle.

— Ce sera à vous de la convaincre que notre mariage n'est pas aussi précipité que l'on pourrait le croire. Je me charge du reste.

— Monsieur Kerr... essaya-t-elle, la gorge nouée.

— James, l'arrêta-t-il doucereusement. Il faut désormais m'appeler par mon prénom si vous voulez paraître convaincante.

Sa situation était désespérée ; afin de protéger son aïeule, elle était tombée sous le joug d'un homme qui n'aurait aucun scrupule à exercer sur elle son autorité.

Elle ferma les yeux l'espace d'un instant pour échapper à ce regard perçant et murmura :

— Dites-moi que ce n'est qu'un mauvais rêve, je vous en supplie !

Elle n'eut pas aussitôt prononcé ces paroles que James Kerr l'attirait contre son torse puissant et s'emparait de ses lèvres. Puis, sans lui laisser le temps de réagir, il relâcha son étreinte.

— Cela rend-il la situation plus réaliste ?

De peur de défaillir, Mélanie s'agrippa au dossier de sa chaise.

— Ce geste était de trop ! énonça-t-elle d'une voix brisée.

— Vous serez forcée de vous habituer un jour ou l'autre à mes baisers et le plus tôt sera le mieux, déclara-t-il cyniquement.

Sur ce, il saisit le sac de Mélanie, et le lui tendit. Puis, lui prenant le bras, il l'entraîna vers la porte.

— Et pour ajouter au réalisme, poursuivit-il, je vais vous acheter une bague de fiançailles.

Elle s'apprêtait à protester mais un coup d'œil sévère l'en empêcha. Elle se résigna donc à lui emboîter le pas en silence jusqu'au bureau de sa secrétaire.

— Madame Howard, je vous présente ma fiancée, Mélanie Ryan.

Mme Howard haussa un sourcil étonné mais se ressaisissant aussitôt, décocha à la jeune fille un sourire chaleureux et lui adressa ses vœux de bonheur.

— Annulez tous mes rendez-vous pour cet après-midi, fit son patron. Et si Miss Cummings téléphone, dites-lui que je la verrai ce soir.

— Oui, monsieur.

Mélanie eut à peine le temps de s'interroger sur l'identité de Miss Cummings que déjà James la faisait entrer à la hâte dans l'ascenseur. Quelques instants plus tard, dans le parking souterrain de l'immeuble, il l'aidait à monter dans une luxueuse Jaguar argentée.

Durant le trajet jusqu'au centre de la ville, elle demeura muette et examina son compagnon à la dérobée. Il maniait le volant avec dextérité, nota-t-elle. Il avait le profil décidé, le nez aquilin, le menton volontaire, la bouche... Elle détourna vivement le regard, le cœur battant, en se rappelant le contact de ces lèvres fermes sur les siennes. Sa

26

bouche était un rien cruelle ; elle l'avait d'ailleurs remarqué dès leur première rencontre.

Une fois la voiture garée devant le magasin d'un célèbre joaillier, elle chercha maladroitement à retirer sa ceinture de sécurité. Avec un froncement de sourcil impatient, James lui repoussa les mains ; mais en la détachant il effleura par inadvertance la cuisse de sa passagère et celle-ci sentit le sang affluer à ses joues.

Durant la demi-heure qui suivit, assise aux côtés de James, Mélanie dut examiner plusieurs plateaux où étincelaient de magnifiques bijoux ; elle eut alors l'impression très vive d'être une prisonnière à la merci de son geôlier.

— Est-ce vraiment nécessaire ?

— Un homme dans ma position ne peut se permettre de se fiancer sans offrir une bague à sa future épouse, répliqua James, péremptoire.

— Mais...

— Donnez-moi votre main, ordonna-t-il.

Elle obéit à contrecœur. Pourquoi alors éprouva-t-elle une sensation si étrange lorsque sa petite paume se posa sur celle, plus large, de James ?

Tandis qu'il examinait les joyaux, elle en profita pour mieux l'observer. Son regard s'arrêta sur ses sourcils épais, sur ses cils fournis, sur ses tempes grisonnantes contrastant avec des cheveux très noirs.

— Celle-ci fera l'affaire, décida James tout à coup, en lui glissant au doigt une bague si belle qu'elle en eut le souffle coupé malgré toutes ses réticences.

C'était un diamant d'une extraordinaire pureté garni de deux superbes saphirs.

— Les saphirs sont de la même couleur que vos yeux, remarqua James contre toute attente.

— Elle est magnifique, chuchota-t-elle sans pour

autant relever la tête de crainte de lire dans son regard une lueur moqueuse.

Au bout d'un moment qui lui parut interminable, elle l'entendit annoncer au vendeur d'un ton sec :

— Nous la prenons... vous nous donnerez également l'alliance.

L'alliance ! Oh, mon Dieu ! songea-t-elle. Quelque miracle viendrait-il la tirer de cette situation insupportable ? Si seulement son père n'avait pas investi toute sa fortune de façon aussi insensée ! Si seulement il avait cherché à emprunter ailleurs ! Si seulement... « Pensées futiles », se dit-elle, car on ne pouvait modifier le passé. Que lui réservait l'avenir ? Comment assumerait-elle cette dure servitude ?

Quand ils quittèrent la joaillerie, la jeune fille était prostrée. C'est uniquement lorsque l'automobile s'engagea dans l'allée de gravillons de Beaulieu qu'elle réussit à se remettre de son abattement.

— Il vaut mieux que je voie votre grand-mère tout de suite, proposa James en l'aidant à descendre de voiture.

Mélanie leva des yeux effrayés ; il la regardait intensément.

— J'aurais préféré lui annoncer moi-même la nouvelle avant que...

— Je ne suis pas de votre avis, trancha-t-il brusquement. Venez.

Comme il lui prenait le bras, un doux frémissement la parcourut et elle monta l'escalier d'un pas vacillant.

La main sur le bouton de cuivre de la lourde porte de chêne, Mélanie murmura :

— Monsieur Kerr... James...

— Je me conduirai en fiancé amoureux et attentionné, n'ayez crainte, l'interrompit-il, devinant la raison de son hésitation, avant d'ajouter avec un plaisir diabolique : Je vous conseille de vous comporter de la même façon !

Furieuse, les joues cramoisies, elle ouvrit et pénétra dans la maison, suivie de James. Elle réussit heureusement à se dominer au moment d'entrer dans le salon où était assise son aïeule en compagnie de l'infirmière.

— Miss Wilson, auriez-vous l'amabilité de nous laisser seuls avec ma grand-mère pendant quelques instants ? pria la jeune fille avec un calme qu'elle était loin de ressentir car James, d'un bras, venait de lui entourer la taille.

Miss Wilson regarda tour à tour le petit visage écarlate de Mélanie puis celui de James.

— Bien sûr, mon enfant, répondit-elle avec un large sourire quand elle eut saisi la situation. Vous sonnerez si vous avez besoin de moi, ajouta-t-elle en sortant.

— Grand-mère... commença Mélanie en se dégageant de l'étreinte troublante de son fiancé pour s'avancer vers la vieille dame. Permettez-moi de vous présenter James Kerr.

— James Kerr ? répéta lentement Bridget Ryan en examinant avec attention son visiteur. N'êtes-vous pas le président-directeur général de la société d'ingénierie *Cyma* ?

— C'est exact, madame, répliqua ce dernier avec un sourire chaleureux en prenant la main qu'elle lui tendait.

Mélanie le trouva alors si séduisant que son cœur se mit à battre la chamade.

James approcha un siège pour la jeune fille ; comme elle lui adressait un coup d'œil reconnaissant, il s'assit sur le bras de son fauteuil et posa une main sur son épaule. La gorge desséchée soudain, elle eut de la peine à concentrer son attention sur les propos de sa grand-mère.

— Qu'est-ce qui vous amène au manoir de Beaulieu avec ma petite-fille, monsieur ?

— Grand-mère, James et moi... débuta Mélanie.

Elle fut incapable de continuer toutefois car son aïeule, qui commençait à comprendre, écarquillait les yeux.

— Mélanie essaie de vous annoncer que nous sommes fiancés et que nous aimerions recevoir votre bénédiction, intervint l'industriel.

— Fiancés ? s'exclama Bridget Ryan, stupéfaite. Pourtant, Mélanie, vous ne m'aviez jamais laissé entendre que vous nourrissiez de tels projets !

— Ce fut plutôt... soudain, expliqua-t-elle gauchement.

— Mélanie entend par là que dès notre première rencontre, nous savions que nous étions faits l'un pour l'autre, dit James. N'est-ce pas, ma chérie ?

L'intéressée perdit momentanément l'usage de la parole car son compagnon lui caressait la nuque de ses longs doigts.

— Quand comptez-vous vous marier ? s'enquit sa grand-mère.

— Samedi prochain, annonça-t-il d'un ton assuré.

— Mon enfant, fit alors la vieille dame avec un calme surprenant, est-ce bien ce que vous voulez ?

Elle allait répondre par la négative quand James, en guise d'avertissement, lui serra l'épaule.

— Oui, murmura-t-elle avec un sourire de circonstance bien qu'en son for intérieur elle enrageât, car elle venait d'apercevoir dans les prunelles de James un éclair de triomphe.

Un lourd silence tomba sur la pièce. Mélanie tremblait intérieurement ; son aïeule avait-elle deviné le conflit qui l'agitait ?

— Il ne me reste donc qu'à vous adresser mes meilleurs vœux de bonheur, déclara enfin la vieille dame en leur tendant les mains.

30

La jeune fille ne savait plus si elle devait en rire ou en pleurer.

Quelques minutes plus tard, on sonna Miss Wilson ; l'infirmière et Mme Ryan s'exclamèrent d'admiration devant la bague de fiançailles. Puis une domestique apporta le thé au salon. Mélanie le servit ; mais si un observateur avait remarqué ses mains tremblantes quand elle offrit une tasse à James, sans doute aurait-il mis cette émotion sur le compte de son bonheur tout neuf. On ne parla évidemment que du mariage. Et lorsque James prit finalement congé de Mme Ryan, il avait réussi à faire sa conquête.

Mélanie l'accompagna à la porte. Elle n'eut pas le temps de l'ouvrir que d'une poigne ferme, il lui immobilisa le bras.

— On s'attend sans doute à ce que nous nous fassions des adieux passionnés, expliqua-t-il.

Elle le regarda d'un air perplexe ; il avait repris son expression froide, impassible.

— Nous devons nous comporter en fiancés épris... si vous ne voulez pas éveiller les soupçons de votre grand-mère, ajouta-t-il, sur un ton railleur qui provoqua chez Mélanie un long frisson de peur. Après notre mariage, nous ne serons plus obligés de jouer la comédie. Je vous téléphonerai lundi, conclut-il brusquement.

Sur ce, il l'écarta, et sortit prestement.

Mélanie entendit ses pas décroître sur la terrasse. Quelques instants plus tard, la Jaguar démarrait.

Elle poussa un long soupir. Elle avait le poignet encore tout endolori là où James l'avait serré de sa main d'acier. Elle y porta les yeux, persuadée d'y découvrir l'empreinte de ses doigts. Son attention fut alors attirée par la bague qu'il lui avait glissée à l'annulaire. Lui eût-on annoncé ce matin-là qu'en fin de journée elle accepterait d'épouser James Kerr, elle se serait esclaffée. La réalité, néanmoins, était tout autre. Il n'y avait pas matière à rire, loin de là ; elle était si effrayée, au contraire, que sa peur frôlait l'hystérie. Aussi dut-elle déployer un effort surhumain pour se ressaisir quand elle entendit son aïeule l'appeler depuis le salon.

Elle retourna donc auprès d'elle et lui sourit avec tendresse.

— Je me suis attardée dans le vestibule, grand-mère, je vous prie de m'excuser.

— Lorsque l'on aime, mon enfant, chaque séparation — aussi courte soit-elle — est un supplice, répliqua la dame avec compréhension.

Le sang afflua aux joues de Mélanie. Le stratagème de James avait réussi, songea-t-elle, embarrassée. En la retenant dans le vestibule, il avait laissé croire à son aïeule et à Miss Wilson qu'ils avaient passé ces quelques minutes à s'embrasser passionnément.

Se méprenant sur son silence, Mme Ryan et son infirmière échangèrent un coup d'œil entendu comme si elles se rappelaient leur propre jeunesse.

— J'approuve votre choix, Mélanie, continua-t-elle. James Kerr a fait des fredaines, certes, mais il sera un bon mari.

— En outre, il est très séduisant, renchérit la garde, les yeux pétillant de malice.

Prise de remords à l'idée de les avoir trompées si facilement, Mélanie se força à sourire et se dirigea vers la porte.

— Je vais me laver les cheveux.

— Sortez-vous avec lui ce soir ? s'enquit sa grand-mère.

La jeune fille s'arrêta dans l'embrasure et secoua la tête, en signe de dénégation.

— Il doit me téléphoner lundi.

— Part-il ce week-end ? insista Mme Ryan.

Cela devait lui sembler curieux, en effet, que James Kerr abandonne sa fiancée pendant deux jours.

— Oui, il quitte Johannesburg pour affaires, dit-elle, saisissant la première explication qui lui vint à l'esprit.

— Vous serez forcée de vous y habituer car il travaille beaucoup, soupira la vieille dame avec compassion.

— Je m'y accoutumerai avec le temps.

Incapable de jouer la comédie plus longtemps, Mélanie tourna les talons, traversa le hall et monta l'escalier quatre à quatre ; elle avait hâte de se retrouver seule pour réfléchir à cette situation inextricable dans laquelle elle s'était laissé entraîner. Se jetant sur son lit, elle cacha sa tête dans ses bras.

Jamais elle n'aurait imaginé que James Kerr pût exiger d'elle un sacrifice aussi énorme... D'un autre côté, si elle avait refusé, sa grand-mère aurait-elle survécu à ce nouveau choc ?

Elle se trouvait donc dans une impasse. Malgré son désespoir, néanmoins, elle était étrangement intriguée par cet homme qui savait à la fois la troubler et l'effrayer ; c'était là sans doute la raison de son succès auprès des femmes.

Et comme elle était sensible, elle aussi, à cette ambivalence chez son fiancé, elle se promit de se tenir sur ses gardes à l'avenir.

3

Le lendemain après-midi, la Chevrolet d'Adrian Louw s'immobilisa devant le manoir. Quelques instants plus tard, le jeune homme en descendit et grimpa l'escalier de pierre pour retrouver Mélanie qui, assise sur la terrasse, méditait tristement sur son avenir.

— Vous avez vu ? fit-il aussitôt.

Sur ce, il déposa un journal sur les genoux de son amie puis passant une main nerveuse dans ses cheveux, il s'installa sur une chaise en rotin à ses côtés.

Mélanie aperçut alors en première page du quotidien une photographie de James Kerr, vêtu avec un soin méticuleux ; il sortait manifestement d'un restaurant et jetait sur le reporter un coup d'œil agacé.

« James Kerr, lut-elle, le célèbre président-directeur-général de la Société d'ingénierie *Cyma,* qui affirmait lors d'une récente interview être un célibataire endurci, vient de se fiancer avec Miss Mélanie Ryan. M. Kerr a refusé de répondre aux questions de notre journaliste mais d'après la rumeur, le mariage devrait avoir lieu très bientôt. »

La jeune fille eut un coup au cœur. Etait-ce James qui avait eu l'idée d'annoncer cette nouvelle à la presse ? Sans aucun doute ; car il savait pertinem-

34

ment que par crainte de se donner en spectacle, elle ne se rétracterait pas.

— Est-ce vrai, Mélanie ? demanda Adrian.

— Oui, c'est exact.

— Pourquoi ne pas me l'avoir dit ? murmura-t-il, le regard voilé par le chagrin.

Elle s'en voulut de lui faire de la peine et esquissa un geste impuissant.

— Adrian, j'ignorais que les fiançailles seraient annoncées dans le journal.

— Tous les faits et gestes de James Kerr sont longuement commentés par la presse et vous auriez dû vous douter que votre mariage défraierait la chronique ! lui reprocha-t-il.

Mal à l'aise, la jeune fille baissa les paupières.

— Je n'y avais pas songé, fit-elle, malheureuse.

— Depuis combien de temps vous connaissez-vous ?

— Nous nous sommes rencontrés il y a quelques semaines, répondit-elle évasivement.

— Quand exactement ? insista-t-il en lui prenant des mains le journal qu'elle s'était mise à déchiqueter nerveusement.

— Il... il y a quelques jours, aux funérailles de mon père.

— Quand la cérémonie doit-elle avoir lieu ?

— Dans une semaine.

— Pour l'amour du ciel, Mélanie ! explosa Adrian.

Il bondit sur ses pieds et enfonçant ses mains dans ses poches, commença de faire les cent pas sur la terrasse.

— Vous rendez-vous compte de la portée de votre geste ? reprit-il.

— Tout à fait, répliqua-t-elle avec un tel calme qu'elle en fut stupéfaite.

— Connaissant la réputation de cet homme, je

suis étonné qu'il ait accepté de perdre sa liberté alors qu'il aurait pu se contenter de vous compter parmi ses nombreuses aventures! s'écria-t-il d'une voix amère.

Mélanie rougit violemment.

— Cessez, Adrian, je vous en supplie!

— C'est un Don Juan!

— Je sais.

— Et vous persistez à vouloir l'épouser? s'enquit-il, incrédule.

— Oui.

— Grand Dieu! s'exclama son interlocuteur en se passant une main dans les cheveux.

Il se détourna vivement mais Mélanie avait eu le temps d'apercevoir l'expression douloureuse de son regard.

— Je suis désolée, Adrian, s'excusa-t-elle maladroitement avant de se lever à son tour. Je suis navrée de vous avoir blessé, croyez-moi, mais jamais je ne vous ai donné quelque raison de penser qu'il puisse exister autre chose entre nous que de l'amitié.

— Je sais, admit-il en se retournant vers son amie; mais n'est-ce pas imprudent de vous unir à un homme que vous connaissez à peine?

— Je le connais suffisamment pour savoir que je dois... que je *veux* l'épouser, se reprit-elle vivement.

— Dans ce cas, je n'ai plus rien à ajouter, déclara-t-il. Mélanie, si vous avez besoin de moi... poursuivit-il en serrant ses mains entre les siennes.

— Vous êtes très bon, Adrian, chuchota-t-elle, tout en sachant fort bien qu'il était la dernière personne à qui elle se confierait.

— Si jamais je puis vous être utile, vous savez où me trouver, insista-t-il en se penchant pour déposer un baiser sur sa joue.

Elle n'eut pas le loisir de répondre car déjà il dévalait l'escalier pour se diriger vers sa voiture.

Quelques instants après, elle se retrouvait seule. Elle reprit le journal pour examiner de plus près la photographie de l'industriel ; mais ses traits burinés lui parurent si cruels qu'elle se mit à trembler et rentra précipitamment dans la maison.

Au moment où elle pénétrait dans le hall, la sonnerie du téléphone retentit. A son grand désarroi, elle entendit un journaliste lui réclamer une interview.

— Il ne saurait en être question, déclara-t-elle d'un ton ferme, affolée à l'idée d'être interrogée sur un sujet dont elle n'avait absolument pas envie de discuter. Je vous suggère d'entrer en rapport avec M. Kerr si vous désirez de plus amples renseignements.

— Il se refuse à toute déclaration, expliqua son correspondant. Miss Ryan, poursuivit-il d'une voix persuasive, cela ne prendra qu'une quinzaine de minutes.

— Non, je regrette.

— Vous ne pourrez pas toujours fuir les reporters, la prévint-il. Quand vous serez l'épouse de James Kerr, vous ferez automatiquement parler de vous.

Mélanie ferma les yeux et s'affala dans un fauteuil. Il ne lui était jamais venu à l'esprit qu'une fois mariée à l'industriel, elle serait la proie des gens de la presse.

La sonnerie retentit à nouveau...

— Miss Ryan ? fit son interlocuteur. Etes-vous là ?

— Oui, répondit-elle d'une voix étonnamment calme, étant donné ses pensées agitées.

— Avez-vous changé d'avis au sujet de l'interview ?

— Non.

— Accepteriez-vous de répondre à quelques questions au téléphone?

— Non! s'exclama-t-elle violemment, abasourdie par une telle ténacité. Je n'ai rien à déclarer au sujet de mes fiançailles avec M. Kerr et je vous prie de ne plus m'importuner! Au revoir, monsieur!

Elle raccrocha d'une main tremblante. Mais une heure et demie plus tard, après avoir reçu douze appels téléphoniques, elle dut se résigner à débrancher l'appareil pour avoir la paix. Tous les journaux de la ville lui avaient sollicité un entretien et à force de la leur refuser, Mélanie était à bout de nerfs.

— On ne peut leur reprocher d'exercer leur métier, souligna sa grand-mère. Après tout, James Kerr est un personnage! Il est donc normal que l'on essaie de vous interroger!

— Grand-mère! Vous voudriez que j'accepte de les recevoir? s'étonna la jeune fille.

— Non, ma chérie, répliqua la vieille dame. Libre à vous de refuser ou non une interview mais ne blâmez pas ces journalistes de chercher à vous rencontrer et surtout, ne vous tourmentez pas pour si peu!

Elle se mordit nerveusement la lèvre inférieure.

— J'aurais dû prévoir ce genre de situation pourtant!

— Quel dommage que James soit en déplacement! Il aurait su prendre l'affaire en main, lui!

Mélanie s'apprêtait à contredire son aïeule quand elle se rappela soudain avoir inventé un prétexte pour expliquer l'absence de son fiancé. « Un mensonge en entraîne un autre », songea-t-elle tristement. Sans doute serait-elle souvent forcée de mentir à l'avenir pour cacher la vérité au sujet de son mariage...

— Que se passe-t-il, mon enfant? s'enquit

Mme Ryan comme le regard de sa petite-fille se voilait.

— Je me demandais uniquement dans quelle mesure cette union bouleverserait mon existence.

— Regretteriez-vous déjà d'avoir accepté de l'épouser ? interrogea-t-elle, inquiète. Après tout, votre décision a été hâtive et personne ne vous reprocherait de la reconsidérer.

Comme elle était perspicace ! Si elle tenait à la convaincre, Mélanie devait déployer un effort pour chasser sa mélancolie.

— Non, grand-mère, je ne regrette rien, déclara-t-elle enfin en quittant sa chaise pour s'agenouiller auprès d'elle.

— Etes-vous sûre de l'aimer ?

Mélanie ne répondit pas immédiatement.

— Oui, grand-mère, j'en suis certaine, dit-elle, les joues rosies par la culpabilité tout en baissant les yeux sur la bague que James avait glissée à son annulaire.

Fut-ce le ton de sa voix qu'elle s'était forcée à rendre sincère ou son petit visage cramoisi ? Toujours est-il qu'elle réussit à convaincre son aïeule. Et c'est avec soulagement qu'elle vit apparaître à ce moment précis Miss Wilson dans le jardin d'hiver. L'après-midi tirait à sa fin, le soleil déclinait. Tandis que l'infirmière prenait le bras de la vieille dame pour l'aider à se lever, Mélanie frissonna. Non pas de froid mais de frayeur ; car dans une semaine, elle serait la femme de James Kerr...

Le lundi suivant, dès son arrivée à la filature, Mélanie fut convoquée au bureau de M. Tanner. La nouvelle de son mariage parue dans les journaux ainsi que le coup de téléphone de James avaient transformé son patron maussade en un homme charmant et compréhensif.

Il s'assura qu'elle était assise confortablement, lui adressa ses meilleurs vœux de bonheur puis lui déclara poliment que malgré les règlements de la société, il se faisait un plaisir — étant donné les circonstances — d'accepter un préavis de huit jours. Il parla ainsi durant un bon moment mais la jeune fille ne l'écoutait plus ; l'industriel avait usé de son influence pour détruire son dernier espoir de reporter leur mariage. Il avait gagné encore une fois, songea-t-elle, furieuse.

Quelques minutes plus tard, de retour dans son propre bureau, Mélanie dut déployer un effort de volonté pour concentrer son attention sur son travail ; elle était contente néanmoins de se retrouver enfin seule pour ne plus être obligée de feindre un bonheur qu'elle était loin d'éprouver. Son téléphone sonna sans arrêt durant toute la matinée ; ce furent surtout des appels d'affaires mais chaque fois que retentit la sonnerie, elle sursauta, craignant d'entendre James. Lorsque finalement, il téléphona, elle resta muette pendant plusieurs secondes tant elle était nerveuse.

— Vous êtes toujours là ? s'enquit-il brusquement.

— Oui... je... je suis là.

— J'espère que vous n'avez pas eu d'ennuis ce matin en donnant votre démission.

— Vous vous êtes arrangé pour que je n'en aie pas ! rétorqua la jeune fille, hors d'elle.

— Percevrais-je une trace de colère dans votre voix ?

— Oui, admit-elle en serrant si fort le récepteur qu'elle en eut la paume tout endolorie. Je n'aime pas que l'on se mêle de mes affaires ! Je suis assez grande pour me débrouiller, figurez-vous !

— Quand nous serons mariés, vos affaires seront les miennes, ne l'oubliez pas, Mélanie ?

— Ce n'est pas encore fait ! s'écria-t-elle, furibonde.

— Mélanie ! jeta-t-il d'un ton de réprimande avant d'ajouter : J'ai une réunion dans quelques minutes ; ne perdons pas de temps. La cérémonie aura lieu dans l'intimité à dix heures samedi matin à la petite église située tout près de chez vous. Ma secrétaire a pris les dispositions nécessaires ; vous avez également rendez-vous chez *Loriette* à treize heures aujourd'hui pour l'essayage de votre robe de mariée.

— Ma robe de mariée ! répéta-t-elle, interloquée.

— Ma femme sera en blanc le jour de ses noces ; cela va de soi, railla-t-il.

— Mais notre mariage n'est pas… Enfin, je veux dire… bredouilla-t-elle avec confusion, remerciant le ciel que James ne pût voir ses joues en feu.

— Les raisons de notre mariage ne sont pas des plus conventionnelles, soit, mais en ce qui concerne le reste, notre union ne différera pas des autres. Je vous l'avais d'ailleurs clairement laissé entendre, n'est-ce pas ? N'est-ce pas, Mélanie ? insista-t-il d'un ton dur comme elle ne répondait pas.

— Oui, admit-elle, bien déterminée à ne jamais lui dévoiler combien elle le craignait. Cependant, si je dois absolument porter une robe blanche, poursuivit-elle, je préférerais l'acheter ailleurs ; cette boutique est hors de prix.

— Vous irez chez *Loriette !* trancha-t-il.

— Je n'ai pas les moyens de…

— Mais moi, je les ai !

— Comment ? s'écria Mélanie. Vous voulez payer ma robe de mariée ?

— Oui.

— Et si je refuse ? riposta-t-elle, furieuse.

— Par égard pour votre grand-mère, vous accepterez, affirma-t-il avec une assurance exaspérante.

Elle demeura muette durant quelques instants ; puis elle déclara d'une voix tremblante :

— Je crois que je commence à vous détester !

— Je passerai vous prendre à sept heures ce soir, annonça-t-il en feignant de ne pas avoir entendu sa remarque. Nous irons au restaurant et tandis que nous dînerons, je vous ferai part de mes autres projets.

Et sans lui permettre de répliquer, il raccrocha. A la suite de cette conversation, la jeune fille eut beaucoup de mal à se remettre au travail. Mais malgré ses hésitations, elle prit l'autobus à l'heure du déjeuner pour se rendre à la maison de couture.

Quand l'élégante Mme Loriette l'aperçut, elle la détailla d'abord d'un œil critique ; mais elle perdit bien vite sa moue pincée pour lui adresser un sourire chaleureux.

— M. Kerr — je suis forcée de l'admettre — a su choisir parfaitement le style de vêtement qui rehaussera votre blondeur et votre carnation, Miss Ryan. Je suis à vous dans un instant.

Sur ce, elle disparut derrière une tenture. Mélanie se retrouva seule avec le sentiment très net, et extrêmement frustrant, d'être traitée comme une fillette.

— Elle vous plaira, j'en suis certaine, annonça Mme Loriette en rapportant une robe de soie garnie de dentelle.

Mélanie se retint de justesse pour ne pas lui déclarer qu'elle perdait son temps et elle la suivit de mauvaise grâce dans le salon d'essayage. Mais lorsqu'elle sentit contre sa peau le tissu soyeux, elle goûta un plaisir indéniable. Le modèle dans sa simplicité était d'une rare élégance. En se contemplant dans la glace toutefois, elle eut l'impression d'apercevoir une étrangère, une étrangère aux immenses yeux bleus assombris par des pensées agitées ; car au lieu d'être heureuse d'essayer sa toilette de mariée, elle éprouvait au contraire une frayeur grandissante...

Croisant dans le miroir le regard interrogateur de la couturière, elle ébaucha un sourire contraint.

— Elle est très belle.

Son interlocutrice hocha la tête d'un air satisfait.

— On dirait qu'elle a été créée pour vous, Miss Ryan. D'ailleurs, en vous voyant, on comprend qu'un homme comme James Kerr soit finalement tombé amoureux.

Mélanie ne répondit pas ; mais ce soir-là, tandis qu'elle s'habillait en prévision de sa sortie, elle se rappela la remarque de Mme Loriette et éclata d'un rire amer. James Kerr n'était pas homme à tomber amoureux ; il ne cherchait au contraire qu'à suivre son caprice.

Sur ces entrefaites, une voiture remonta l'avenue. Vêtue d'une robe de mousseline ambrée, Mélanie descendit l'escalier à la hâte et courut ouvrir. Son cœur battit à tout rompre quand elle aperçut James dont le costume sombre, bien coupé, soulignait la forte carrure et elle fut secrètement soulagée lorsqu'il lui proposa de partir sur-le-champ ; dans l'obscurité du véhicule, songea-t-elle, elle serait à l'abri de ses regards troublants.

La Jaguar s'arrêta devant un charmant petit restaurant situé à l'extérieur de la ville. Le propriétaire accueillit l'industriel comme un ami de longue date et conduisit aussitôt le couple vers une table à l'écart des autres dîneurs.

Tandis qu'ils prenaient l'apéritif, James étudia la carte et commanda. Mélanie était si nerveuse toutefois qu'elle fut incapable de faire honneur aux plats exquis. Son vis-à-vis la fixa à plusieurs reprises avec un froncement de sourcils désapprobateur mais se borna à terminer son repas en silence.

— Encore un peu de vin ? proposa-t-il quand le garçon eut desservi.

— Non, je vous remercie.

— Me permettez-vous de fumer ? demanda-t-il en sortant de sa poche un étui en or.

— A votre guise, fit-elle sèchement.

— Détendez-vous ! Sans doute craignez-vous que je vous séduise dans la voiture tout à l'heure en rentrant, prononça-t-il calmement avant d'allumer sa cigarette.

Mélanie souhaita alors voir le sol s'ouvrir sous ses pieds ; mais bien décidée à ne pas lui révéler son embarras, elle soutint son regard sans broncher et déclara :

— Comment puis-je me détendre alors que je vais bientôt me marier avec un parfait inconnu ?

— Vous aussi, vous m'êtes inconnue ! lui rappela-t-il d'un ton moqueur. Et même si le mariage en soi me rebute un tant soit peu, l'idée de vous épouser ne m'épouvante pas à ce point !

— Pour un homme, c'est différent, le contredit-elle en baissant les yeux tout en tordant nerveusement ses mains sous la table. Vous exigez beaucoup de moi et je... je ne crois pas être capable d'aller jusqu'au bout.

— Dans ce cas, je téléphonerai dès demain matin à mon avocat et je le prierai d'engager les procédures pour vendre le manoir de Beaulieu.

— Non ! s'écria-t-elle en relevant vivement la tête. Je veux éviter cela à tout prix, vous le savez fort bien ! Si seulement je comprenais votre raisonnement ! Pourquoi insistez-vous pour vous marier avec moi ?

— Désirez-vous vraiment l'apprendre ? demanda-t-il.

— Oui... oui, j'y tiens.

— Mon explication risque de vous choquer, je vous préviens.

Il fit tomber d'une chiquenaude la cendre de sa cigarette dans le cendrier puis se pencha par-dessus la table ; à la lueur des bougies, son visage avait revêtu une expression diabolique.

— Dès l'instant où je vous ai aperçue, debout à côté de la tombe de votre père, continua-t-il, j'ai décidé que vous m'appartiendriez.

Abasourdie par cette déclaration, Mélanie mit plusieurs secondes à reprendre son sang-froid.

— Ne vous est-il jamais venu à l'esprit que votre convoitise risquait de gâcher mon existence ?

— Ne vous est-il jamais venu à l'esprit, rétorqua-t-il, d'un ton glacial, qu'une fois notre union consommée, vous aurez remboursé intégralement la dette de votre père et sauvegardé la tranquillité de votre grand-mère ?

— J'en suis consciente, riposta-t-elle avec amertume. Néanmoins, j'aurai perdu tout amour-propre.

— Mais vous aurez gagné tellement plus, ajouta-t-il tout doucement.

Il avait parlé d'un ton si sensuel que la jeune fille, hypnotisée, dut déployer un violent effort pour reprendre ses esprits.

James l'informa ensuite de ses projets. Après la cérémonie, ils iraient passer une semaine seuls dans son chalet de Drakensberg. Mélanie ne fut pas rassurée par cette nouvelle ; mais ce qui l'effraya encore davantage, ce fut sa propre réaction aux coups d'œil langoureux de son fiancé. Pourquoi son cœur battait-il si fort dans sa poitrine chaque fois qu'il la détaillait du regard ?

Pressée de fuir cet homme, d'échapper à son emprise, elle déclara d'une voix vacillante dès que l'occasion se présenta :

— J'aimerais rentrer à la maison si vous n'y voyez pas d'objection.

— Comme vous voudrez, prononça-t-il calmement.

Il se leva aussitôt et l'aida à endosser son manteau. Mais tandis qu'ils sortaient de l'établissement, elle sentait encore sur son épaule le contact de ses doigts, là où par mégarde il l'avait effleurée.

Le trajet du retour se déroula en silence. Lorsque devant la porte du manoir de Beaulieu, James lui souhaita enfin une bonne nuit, Mélanie poussa un long soupir de soulagment.

Toutefois, le comportement de l'industriel l'étonnait grandement. A part ce baiser échangé dans son bureau quelques jours auparavant, à part ces marques de tendresse en présence de sa grand-mère, il ne l'avait pas touchée. La jeune fille n'en était pas fâchée, loin de là ; mais elle n'en était pas moins intriguée par cet inconnu qu'elle avait accepté d'épouser.

Sur l'invitation de Mme Ryan, James dîna au manoir presque tous les soirs et Mélanie vit sa grand-mère succomber peu à peu à son charme. Il joua si bien son rôle que la vieille dame et son infirmière furent trop éblouies pour remarquer que Mélanie était devenue l'ombre d'elle-même.

On discuta évidemment à plusieurs reprises des préparatifs du mariage. Lorsque l'on abordait ce sujet toutefois, la jeune fiancée participait rarement à la conversation, se contentant de déclarer qu'elle s'en remettait entièrement à leur compétence.

Le jour fatidique approchait inexorablement.

Quand elle quitta le bureau pour la dernière fois ce vendredi après-midi, le temps était particulièrement frais et elle se hâta de boutonner sa veste de laine.

— Mélanie !

En reconnaissant cette voix grave, elle sursauta et fit volte-face. James avait ouvert la portière arrière d'une luxueuse Mercedes blanche conduite par un chauffeur en livrée. Elle hésita l'espace d'un instant puis prit place sur la banquette. La voiture démarra en douceur.

— La Jaguar est au garage ; je ne l'aurai que demain matin, expliqua-t-il avec un soupçon d'impatience comme Mélanie jetait sur l'employé un coup d'œil curieux.

— Je ne croyais pas vous voir ce soir, s'étonna-t-elle.

— Je tenais uniquement à vous remettre ceci ; j'aimerais que vous le portiez demain, fit-il en lui tendant un coffret de cuir. Ouvrez-le.

Elle souleva le couvercle d'une main tremblante et retint son souffle en apercevant un magnifique sautoir de perles posé sur un écrin de velours bleu.

— Il appartenait à ma mère, expliqua l'industriel en tournant la tête vers la fenêtre et Mélanie eut la gorge nouée.

A quoi pensait-il ? se demanda-t-elle, intriguée, en scrutant son profil. Que cachait cette expression dure, renfermée ? Elle l'examina intensément durant quelques instants, s'attardant sur ses tempes argentées, sur sa nuque vigoureuse où ondulaient légèrement des cheveux très noirs.

Soudain, il se retourna vers elle. Embarrassée, elle rougit et s'empressa de refermer le coffret.

— Je ne puis porter ce collier, déclara-t-elle d'une voix saccadée.

La Mercedes venait de s'engager dans l'allée menant au manoir.

— Pour quelle raison ? s'enquit-il d'un ton glacial.

— J'ai le sentiment de ne pas en avoir le droit, murmura-t-elle en joignant les mains très fort pour les empêcher de trembler. De plus, il... il est beaucoup trop précieux, j'aurais peur de le perdre.

James, toutefois, n'avait pas l'intention de se laisser contrarier. Il lui saisit le menton et la força à le regarder.

— Je veux que vous mettiez ce bijou demain. C'est un ordre. Si vous me désobéissez...

Il ne termina pas sa phrase ; il avait néanmoins usé d'un ton si menaçant qu'elle fut parcourue d'un long frisson de peur et se hâta d'acquiescer d'un signe de tête.

Il relâcha aussitôt son étreinte mais, à la grande stupéfaction de Mélanie, il effleura d'un doigt sa joue pâlie. Puis il lui serra la gorge, comme pour l'étouffer, et elle leva vers lui des yeux terrifiés.

— Vous avez intérêt à m'obéir, proféra-t-il.

Et sur ce, il l'embrassa un court instant avant de se tourner vers la fenêtre pour observer le parc comme s'il avait tout à coup oublié son existence.

Comment osait-il la traiter ainsi ? se dit-elle, d'autant plus furieuse que ce baiser ne l'avait pas laissée indifférente.

A ce moment précis, la Mercedes s'immobilisa devant le manoir.

— Couchez-vous tôt ce soir, recommanda James quand il l'eut accompagnée à la porte.

Mélanie entra immédiatement, sans attendre de voir l'automobile disparaître dans l'avenue.

Après le dîner, la jeune fille épuisée, refusa le somnifère que lui proposait Miss Wilson. Elle devait toutefois le regretter car après avoir dormi une heure seulement, elle se réveilla et fut dès lors incapable de fermer l'œil. Ne voulant pas déranger l'infirmière, elle descendit à la cuisine se préparer un lait chaud. La boisson cependant ne produisit pas l'effet escompté et Mélanie dut se résigner à passer une nuit blanche.

Dans quelques heures se lèverait ce jour qu'elle avait redouté, en silence, durant cette longue semaine. A l'idée d'épouser James Kerr, d'être à la merci de cet homme arrogant, impitoyable, elle fut envahie d'une panique incontrôlable. Il s'en fallut de peu qu'elle ne coure chez sa grand-mère afin de lui avouer toute la vérité… Mais elle n'osa le faire. Pour lui permettre de garder le manoir, James lui avait proposé un marché ; elle ne pouvait plus manquer à sa promesse.

A l'aube, épuisée, elle finit par s'endormir. Et à huit heures, Miss Wilson pénétra dans sa chambre avec le plateau du petit déjeuner.

— Voilà qui débutera agréablement le plus beau jour de votre vie, annonça-t-elle gaiement.

« Le plus affreux », corrigea la jeune fille en son for intérieur tout en remerciant l'infirmière d'un sourire. Mais elle fut incapable d'avaler une seule bouchée. Au bord des larmes, elle finit par repousser son plateau et se rendit à la salle de bains pour faire sa toilette.

Une heure plus tard, vêtue de la création de Mme Loriette, elle se regarda dans sa grande glace.

« C'est sûrement un cauchemar ! songea-t-elle avec frénésie. Je ne puis épouser James ! Je ne l'aime pas ! Je n'éprouve envers lui aucun sentiment ! Je le déteste ! »

En réalité, Mélanie était fascinée par cet homme extrêmement séduisant. Et au souvenir des lèvres fermes de James sur les siennes, elle tressaillit de volupté.

A cet instant précis, on frappa à sa porte. Flora pénétra dans la chambre et contempla sa jeune maîtresse d'un air émerveillé avant d'annoncer :

— On vous demande au téléphone, Miss Mélanie.

Elle brancha alors le combiné à côté du lit et se hâta de quitter la pièce.

Souhaitant secrètement que ce fût James, Mélanie décrocha.

— Delia Cummings à l'appareil, prononça une voix de femme, agréablement modulée.

Mélanie fronça les sourcils ; où avait-elle entendu ce nom ?

— Le moment est mal choisi pour vous téléphoner puisque vous vous mariez aujourd'hui, poursuivit son interlocutrice, mais il était indispensable que je vous fournisse quelques éclaircissements concernant James.

— Miss Cummings, je...

— Il m'appartient ! l'interrompit sa correspondante. Il a eu des aventures dans le passé, certes, mais il m'est toujours revenu.

Au lieu de lancer un « Eh bien, vous pouvez le garder », Mélanie s'appliqua à conserver son calme pour répliquer :

— Le mariage est une institution plus sérieuse qu'une passade sans lendemain ; ne croyez-vous pas ?

Delia Cummings éclata d'un rire déplaisant.

— James n'a jamais eu aucun respect pour les vœux du mariage. Il ne connaît d'autre loi que la sienne et quand il se sera lassé de vous, il me reviendra !

— A votre place, je ne le dirais pas si vite ! ne put s'empêcher de rétorquer la jeune fille.

— On ne peut changer sa nature, ma chère, ne l'oubliez pas, riposta son interlocutrice avec une assurance déconcertante. Je vous conseille donc de tenir compte de mon avertissement. A propos...

tâchez de bien vous amuser à votre mariage car bientôt il ne vous en restera que le souvenir !

Ce fut tout. Mélanie raccrocha lentement. Pour quelque raison inexplicable, Delia Cummings avait réussi à la blesser profondément.

4

Debout auprès de James dans la petite église, Mélanie éprouva soudain le sentiment curieux d'être complètement étrangère à la cérémonie qui se déroulait devant elle. A ce moment précis, son fiancé, le visage impénétrable, lui glissa au doigt l'alliance en or, symbole de leur union.

Ils étaient désormais mari et femme.

« Mon Dieu, faites que ce ne soit qu'un rêve ! » pria-t-elle en son for intérieur dans un instant de panique.

Non, ce n'était pas un rêve, elle était bel et bien mariée, se rendit-elle compte quand, à la sortie, elle fut entourée et félicitée par une demi-douzaine d'invités dont elle connaissait uniquement sa grand-mère et Miss Wilson. Un reporter astucieux eut le temps de prendre quelques photographies avant de sauter dans sa voiture et démarrer en trombe. L'incident se produisit si rapidement que Mélanie n'eut pas le loisir de réagir ; et imitant l'attitude de James, elle se comporta comme s'il ne s'était rien passé.

Tous revinrent au manoir sabler le champagne. La jeune femme fut d'un calme étonnant durant la réception mais faillit fondre en larmes au moment de quitter son aïeule. James, fort heureusement, prit la situation en main, abrégea les adieux et quelques instants après, l'aidait à monter dans la Jaguar argentée.

— Nous pouvons enfin nous détendre ! remarqua-t-il avec désinvolture quand la voiture s'engagea sur la route nationale en direction d'Heidelberg.

Il s'en fallut de peu qu'elle n'éclatât d'un rire hystérique. Comment aurait-elle pu se détendre alors qu'il l'emmenait dans son chalet, complètement isolé dans les montagnes du Drakensberg ? Elle avait plutôt l'impression de se faire conduire en prison !

— Dans combien de temps arriverons-nous là-bas ? s'enquit-elle pour meubler le pénible silence.

— Dans quatre ou cinq heures à condition de ne pas nous attarder en route. J'aimerais y être avant la nuit car les chemins de montagne sont parfois dangereux après le coucher du soleil.

Mélanie s'enferma dans le mutisme et tenta d'imaginer cette semaine de lune de miel où elle se retrouverait seule avec James dans une région reculée. A cette pensée, elle fut terriblement angoissée. Puis son regard s'arrêta sur les mains posées sur le volant. Longues, soignées, elles semblaient être aussi habiles à brutaliser qu'à caresser.

Etonnée de l'allure que prenaient ses réflexions, elle détourna vivement la tête et s'astreignit à regarder droit devant elle. Pourquoi était-elle si troublée soudain à l'idée que cet homme pût la caresser ? se demanda-t-elle, perplexe, en essayant de calmer les battements désordonnés de son cœur. Après tout, elle le connaissait à peine sans compter qu'elle le détestait de l'avoir contrainte à ce mariage sans amour.

« C'est absolument ridicule, s'admonesta-t-elle en son for intérieur. Je suis exténuée et mon imagination me joue des tours. »

Ils s'arrêtèrent pour déjeuner à Heidelberg. Mélanie aurait aimé rester encore un moment dans cette ville superbe nichée parmi les collines et elle fut tentée de le proposer à son compagnon ; mais se rappelant qu'il voulait atteindre le Drakensberg avant la tombée de la nuit, elle renonça à son projet.

— Essayez de dormir, suggéra-t-il quand ils furent remontés dans la voiture. Le trajet est encore long avant de parvenir à destination.

— Je n'ai pas sommeil.

— A votre guise, répliqua-t-il avec un haussement d'épaules.

Un silence glacial tomba entre eux.

La jeune femme était épuisée. Malgré son intention de rester éveillée, elle baissa les paupières et sombra finalement dans un sommeil sans rêve.

— Où sommes-nous ? s'enquit-elle en se réveillant comme James quittait la grand-route pour s'engager sur un chemin de gravier.

— Nous venons de traverser Harrismith, répondit-il en accélérant. Nous parviendrons à destination dans une heure environ.

— J'ai donc dormi longtemps ! s'exclama-t-elle.

— On ne distingue plus très bien les montagnes à cette heure-ci, remarqua-t-il ; vous devez attendre demain matin pour les contempler.

Si seulement c'était déjà le matin ! souhaita Mélanie en son for intérieur. Si seulement elle en avait fini avec cette affreuse nuit tant redoutée !

Les minutes fuyaient implacablement. La route se mit à serpenter dangereusement dans la montagne et longeait maintenant le précipice. Mélanie retint son souffle ; James, toutefois, négociait avec dextérité les virages en épingle à cheveux.

Soudain, au détour du sentier, les phares illuminèrent un énorme rocher qui barrait la route.

— James, attention ! hurla la jeune femme.

Mais déjà il avait donné un coup de volant vers la droite pour éviter l'obstacle et freiné brusquement. La voiture s'immobilisa à quelques centimètres du gouffre.

Puis il tira le frein à main en jurant et coupa le contact.

— Etes-vous blessée ? s'enquit-il, la mine inquiète.

— Non... non, tout va très bien, suffoqua-t-elle.

Elle était bouleversée ; sans sa ceinture de sécurité, elle aurait été projetée à travers le pare-brise.

James lui caressa brièvement la joue puis sortit de l'automobile. Mélanie l'imita, comme si elle avait eu peur de rester seule dans le véhicule.

— Se produit-il souvent des éboulements sur cette route ? s'enquit-elle en examinant l'amas de roches.

— Pas à ma connaissance.

— Qu'allons-nous faire ? demanda-t-elle en grelottant car le froid pénétrait à travers son tailleur de toile bleu.

— Il existe deux possibilités, expliqua-t-il en se frottant pensivement le menton. Je puis déplacer quelques pierres pour permettre à la voiture de passer ou encore...

— Ce serait trop risqué ! l'interrompit-elle, étonnée qu'il envisageât de s'exposer de la sorte. Le sol ne me semble pas très ferme sur le côté de la chaussée ; jamais il ne supporterait le poids de la voiture.

Croyant qu'elle ne songeait qu'à sa propre sécurité, il répliqua durement :

— Je ne vous proposais pas de rester dans la Jaguar tandis que je tentais l'expérience !

— Que je sois là ou non, cela ne change rien ! riposta-t-elle avec feu. C'est trop dangereux, un point c'est tout !

Il l'observa durant un moment ; ses yeux gris étincelaient étrangement dans la pénombre.

— Vous seriez libre pourtant si je tombais dans ce précipice ; n'y avez-vous pas songé ?

— Je ne veux pas de ma liberté aux dépens de votre vie, répliqua-t-elle d'un ton glacial, tout en se demandant si c'était le froid qui la faisait frissonner ainsi ou la pensée que James, si vigoureux, pût connaître une fin aussi atroce. Quelle est la seconde solution ? l'interrogea-t-elle en s'efforçant de maîtriser le tremblement de sa voix.

— J'ai besoin de deux bonnes heures pour déblayer la route mais il faudra attendre demain matin car dans le Drakensberg, avec la tombée de la nuit, la température baisse considérablement. Je vous propose donc de laisser la voiture et de parcourir le reste du trajet à pied.

— Est-ce très loin ?

— Il y a un raccourci par cette colline, la renseigna-t-il en ouvrant le coffre. Nous emporterons quelques effets et je reviendrai tout à l'heure chercher les valises.

Mélanie claquait des dents et James l'aida à mettre son manteau. Dix minutes plus tard, son nécessaire de toilette à la main, elle le suivait à tâtons dans un petit sentier à la lueur d'une torche ; elle avait déchiré ses bas à des branches et ses chaussures à talons hauts étaient irrémédiablement abîmées.

— James, pourrions-nous... pourrions-nous nous arrêter un petit moment ? suffoqua-t-elle.

Sur ce, elle trébucha et se tordit le pied.

— Etes-vous fatiguée ? s'enquit-il en lui faisant signe de s'asseoir sur une grosse pierre en bordure du chemin.

— Je suis à bout de souffle, admit-elle.

Il posa son sac à dos sur le sol et s'installant à ses

côtés, s'alluma une cigarette. Pour ménager les piles, il avait éteint la lampe de poche. Dans l'obscurité, la jeune femme eut particulièrement conscience de cette cuisse musclée contre la sienne, de ce bras protecteur dont il l'avait entourée.

— Je suis navré de ce contretemps.

— Ce n'est pas votre faute, protesta-t-elle vivement, troublée par ces excuses inattendues, par la beauté de cette nuit étoilée. En revanche, si j'avais pu prévoir que notre voyage se terminerait par une randonnée pédestre, j'aurais choisi des vêtements plus appropriés.

— Aimez-vous les promenades ?

— Je croyais que vous en saviez beaucoup à mon sujet ? répliqua-t-elle avec un rire nerveux. Oui, j'apprécie beaucoup la marche mais je n'ai pas souvent l'occasion de m'adonner à ce genre de distraction.

— Vous pourrez vous promener à loisir durant notre séjour, déclara-t-il sans une ombre de moquerie dans la voix.

— Est-ce encore très loin ? demanda-t-elle au bout d'un moment, incapable de supporter plus longtemps cette présence troublante à ses côtés.

— Encore cinq minutes et nous y sommes.

— Dans ce cas, allons-y ! suggéra-t-elle.

Il écrasa sa cigarette et ralluma la torche. Ils parcoururent le reste du trajet en silence. Une fois à destination, la jeune femme entr'aperçut à la lueur de la lampe une façade de brique et de bois ; puis James introduisit la clef dans la serrure et ouvrit la porte. Elle le suivit à l'intérieur. A sa grande stupéfaction, la pièce ne sentait pas le renfermé, caractéristique des maisons peu utilisées ; elle venait au contraire d'être aérée peu de temps auparavant.

— Quel ennui ! s'exclama-t-il, irrité. On a négligé

d'allumer le compteur électrique! Avez-vous peur dans le noir?

— N-ñon, pas vraiment... pourquoi? s'enquit-elle, le cœur battant.

— Parce que je dois emporter la torche. Tenez, ajouta-t-il en lui glissant une boîte d'allumettes dans la main. Faites un feu pendant ce temps; cela vous réchauffera.

Il sortit de la demeure. Mélanie entendit ses pas crisser sur le gravier, pour décroître dans le lointain. Il régna alors un silence de plomb. Effrayée par l'obscurité, elle frotta une allumette d'une main tremblante. Les journaux et les brindilles dans la cheminée s'enflammèrent immédiatement, illuminant aussitôt la pièce.

Elle s'agenouilla pour réchauffer ses mains à la flamme vive et regarda ensuite autour d'elle; le salon était garni d'un robuste mobilier de bois ainsi que de coussins et de rideaux de couleurs vives.

A ce moment précis, elle perçut un faible vrombissement et quelques secondes plus tard, les lumières s'allumèrent. James revint presque aussitôt.

— Je vais maintenant chercher les valises dans la voiture, annonça-t-il.

— C'est de la folie! s'exclama-t-elle. Il fait beaucoup trop froid dehors! Nous nous passerons de nos bagages pour cette nuit!

Puis se rendant compte de l'ambiguïté de ses paroles, elle baissa vivement les yeux.

— Moi, je me tirerai d'affaire! Mais je ne crois pas que vous aimeriez dormir sans vêtements! railla-t-il en remarquant ses joues cramoisies. Pendant mon absence, si vous alliez nous préparer à dîner à la cuisine?

La jeune femme se retrouva seule pour la seconde fois. Elle retira son manteau, le déposa sur une chaise; puis jetant un coup d'œil sur ses bas déchirés, elle les enleva avec une grimace et les glissa dans sa poche.

Elle entreprit ensuite d'explorer le chalet. Il y avait deux chambres, simplement meublées, avec salles de bains attenantes. Mais soudain, elle sortit précipitamment de l'une de ces pièces car elle venait d'y apercevoir un lit de deux personnes. La situation était sans issue ; elle était à la merci de l'homme qu'elle avait épousé.

Ecartant ces pensées désagréables, elle continua de visiter la maison. Pour sa plus grande joie, elle découvrit une cuisine ultra-moderne avec sa cuisinière électrique et ses armoires bien garnies. Dans le réfrigérateur à pétrole, elle trouva viande, légumes frais et laitages. Qui donc s'était chargé de l'approvisionnement ? Un voisin, peut-être ? se demanda-t-elle, perplexe, en sortant un bifteck et des œufs.

Mélanie ouvrit ensuite une boîte de champignons pour l'omelette. Absorbée par la préparation du repas, elle ne vit pas le temps passer. Aussi sursauta-t-elle lorsqu'elle entendit la porte d'entrée se refermer, puis James poser les valises sur le sol.

— Mmm... votre cuisine sent délicieusement bon, remarqua-t-il en venant la retrouver. Ma promenade m'a ouvert l'appétit.

— Nous pourrions manger devant la cheminée ; qu'en dites-vous ? s'enquit-elle, hésitante, ne connaissant pas encore ses préférences.

— Excellente idée ! approuva James. Puis-je vous aider ? proposa-t-il tandis qu'elle préparait couverts et assiettes.

Elle lui jeta un coup d'œil étonné et déclara, mi-rieuse mi-sincère :

— Vous pouvez apporter le plateau au salon si le cœur vous en dit.

Jamais elle n'aurait soupçonné cependant qu'il pût consentir à sa suggestion. Aussi fut-elle abasourdie de le voir prendre le plateau et le poser sur une petite table tout près du feu. Puis il quitta la pièce et revint quelques instants plus tard avec une bouteille de champagne. Il fit sauter le bouchon, versa le liquide ambré et tendit un verre à Mélanie.

— A nous deux ! prononça-t-il avant de porter sa coupe à ses lèvres.

La jeune femme but une gorgée elle aussi mais fut toutefois incapable de proférer une seule parole pour répondre à son toast.

Soudain, elle poussa un petit cri effrayé. Elle venait d'apercevoir, accrochée au-dessus de la cheminée de pierre, une énorme tête de lion, les yeux luisant méchamment, la gueule menaçante.

— Il y a quelques années, expliqua James comme ils s'asseyaient pour manger, un fermier du Transvaal avait des ennuis avec un lion maraudeur. Je faisais partie de l'équipe de recherche chargée de le retrouver.

— Est-ce vous qui l'avez tué ?

— Oui, répondit-il laconiquement.

Mélanie n'osa insister ; mais incapable de détacher son attention du fauve empaillé, elle ne put manger. Aussi, après avoir bu deux verres de champagne, se sentait-elle un tant soit peu étourdie...

— C'était délicieux, remarqua James en s'adossant confortablement aux coussins du canapé et en fermant les yeux avec un sourire ravi.

Elle l'observa en silence. A quoi songeait-il au juste ? Peut-être à.... Affolée soudain, la jeune femme se leva vivement et prit les assiettes pour les rapporter à la cuisine.

— Je prépare le café, annonça-t-elle.

— Je prends le mien bien serré et sans sucre.

Elle mit l'eau à bouillir et entreprit de laver la vaisselle ; quand tout fut rangé, elle revint au salon.

Il s'établit entre eux un silence déconcertant. Tout

à coup, Mélanie se rendit compte que James l'épiait de la même façon que le lion empaillé avait autrefois guetté sa proie ; son courage l'abandonna et elle chercha alors désespérément un sujet de conversation pour détendre l'atmosphère.

— Venez-vous fréquemment ici ?

— Le plus souvent possible. C'est un endroit calme, reposant, et il n'y a pas un téléphone à cinq kilomètres à la ronde.

Y avait-il déjà emmené Delia Cummings ? se demanda-t-elle. Elle se hâta néanmoins d'écarter cette pensée désagréable pour s'enquérir :

— Qui a fait les provisions et allumé le réfrigérateur ?

— Je connais quelqu'un à Bergville qui se charge de me rendre ce service.

Avait-elle décelé dans sa voix un soupçon d'impatience ? Toujours est-il qu'elle le crut soudain dans un tel état de tension qu'elle bondit sur ses pieds. Puis, se trouvant aussitôt ridicule, elle lui demanda sa tasse vide sous prétexte de l'emporter à la cuisine et échapper ainsi pendant quelques instants à sa présence inquiétante.

James la lui tendit. Comme elle s'avançait d'un pas pour la prendre, il lui saisit le poignet et l'attira dans ses bras. Elle était tombée dans le piège.

— Vous avez peur de moi, n'est-ce pas ?

— Oui, murmura-t-elle, affolée.

— Me prenez-vous donc pour un monstre ?

— Non, chuchota-t-elle.

— Je ne veux pas vous faire de mal, Mélanie ; mais d'un autre côté, il n'est pas question que vous vous dérobiez à votre promesse.

Il l'embrassa alors avec une passion dévorante.

Elle n'en fut que plus effrayée et se mit à le repousser de toutes ses forces.

— Pour l'amour du ciel, Mélanie, détendez-vous ! grommela-t-il.

— J-je... j'en suis incapable ! suffoqua-t-elle, au bord des larmes, rêvant secrètement de se retrouver dans sa chambre de jeune fille au manoir de Beaulieu.

Il parut alors si furibond qu'elle en fut glacée de frayeur. Il se leva, la mine menaçante.

— Vous avez bien caché votre jeu ! Vous êtes une hypocrite ! Maintenant que vous avez obtenu ce que vous recherchiez, vous ne voulez rien donner en retour !

Cette insulte la blessa profondément. Tremblant de tous ses membres, elle était bien décidée néanmoins à refuter la piètre opinion qu'il avait d'elle.

— James... balbutia-t-elle.

— C'est inutile Mélanie ! l'arrêta-t-il avec un geste de la main. Cela ne m'intéresse pas de vous entendre. Néanmoins, je ne reviendrai pas sur ma parole, n'ayez crainte. Votre grand-mère pourra habiter le manoir de Beaulieu jusqu'à sa mort ; quant à notre mariage, il n'existe plus. Nous passerons le reste de la semaine ici, comme prévu, mais une fois de retour à Johannesburg, je continuerai de mener mon existence de célibataire même si au regard de la loi, vous serez toujours ma femme. Est-ce bien clair ?

Sur ce, il la détailla de la tête aux pieds avec un tel mépris qu'elle en blêmit. Incapable de prononcer un mot, elle se contenta de hocher la tête en guise d'acquiescement.

— Vous occuperez la première chambre sur votre droite dans le couloir, fit-il. Maintenant, allez vous coucher. Et il est inutile de verrouiller, ajouta-t-il cyniquement ; vous ne courez aucun danger.

Mélanie se rendit chez elle. Ses jambes la soutenaient à peine. Quand elle eut refermé la porte, elle s'effondra ; toutes ces semaines de chagrin, de souffrance avaient sapé ses forces. Elle se laissa tomber par terre à côté du lit et enfouissant son visage entre ses mains, éclata en sanglots.

« Vous avez bien caché votre jeu, vous êtes une hypocrite », lui avait lancé James, se rappela-t-elle un peu plus tard, allongée dans son lit. « Non, tu es pire qu'une hypocrite, s'admonesta-t-elle après mûre réflexion. Tu n'es qu'une peureuse, une lâche ! »

Lorsqu'elle se réveilla le lendemain matin, le soleil entrait à flots par sa fenêtre. Elle bâilla, s'étira longuement puis, soudain, se rappela les événements de la veille. C'était sa lune de miel mais elle avait passé la nuit seule dans son grand lit alors que James, lui, avait couché dans l'autre chambre au bout du couloir.

Il était plus de huit heures, se rendit-elle compte, étonnée, en consultant sa montre. James dormait-il encore ? Elle distingua alors sur le sol une feuille de papier que l'on avait de toute évidence glissée sous la porte. Elle se leva vivement et courut la ramasser.

« Je vais à la voiture pour tenter de déplacer les pierres sur la route. Je ne serai pas de retour avant onze heures. James. »

Mélanie relut le billet une seconde fois, le sourire aux lèvres. Malgré sa colère de la veille, il s'était tout de même donné la peine de lui laisser un mot et elle en fut étrangement réconfortée.

Après avoir pris un bain, elle revêtit une chemise à carreaux, un blue jean et mit des chaussures de marche. Puis elle fit son lit et se rendit à la cuisine. James n'avait manifestement rien mangé avant de sortir, nota-t-elle.

Et une demi-heure plus tard, Mélanie quittait la maison avec un panier contenant des sandwichs au jambon, un thermos de café et des tasses, pour se diriger vers l'endroit où ils avaient abandonné le véhicule.

Elle était presque arrivée à destination quand elle aperçut James. Elle hésita un court instant. Dans son pantalon noir, torse nu, comme il était différent de l'homme d'affaires redoutable que jusque-là elle connaissait ! Comment réagirait-il en la voyant ? La repousserait-il sans ménagement ou la traiterait-il avec indifférence ?

« Eh bien, il n'y a qu'une seule façon de le savoir. » se dit-elle d'un air décidé. Et après avoir respiré une grande bouffée d'air frais, elle se hâta de parcourir les derniers mètres.

— Bonjour, James, fit-elle en posant son panier sur la route.

Il laissa tomber les pierres qu'il tenait à la main et tourna lentement vers l'arrivante un visage imperturbable.

— Comme vous n'aviez pas mangé ce matin, poursuivit-elle tandis qu'il continuait de la fixer en silence, j'ai pensé vous rejoindre et partager mon petit déjeuner avec vous.

Durant quelques secondes particulièrement éprouvantes pour les nerfs, il demeura silencieux. Puis il hocha la tête et lui désigna du geste un coin de pelouse ombragé sous un acacia. Ils s'intallèrent dans l'herbe ; James prit un sandwich tandis que Mélanie versait le café.

Les oiseaux gazouillaient dans les arbres et la vue sur les hautes montagnes était magnifique. La jeune femme regarda durant un moment un faucon décrire des cercles dans un ciel très bleu, sans nuage ; et soudain, elle se rendit compte qu'on l'observait. Elle tourna la tête vers son compagnon ; l'espace d'un instant, elle sentit au tréfonds d'elle-même une émotion fugitive qui s'effaça aussi promptement qu'elle était apparue.

— A quoi rime tout ceci, Mélanie ?

Elle sursauta et joignant ses mains sur ses genoux, elle répondit :

— Peut-être est-ce ma façon à moi de... de m'excuser d'avoir manifesté une telle lâcheté hier soir...

James la dévisagea longuement avant de prononcer :

— D'accord ; mais alors, où cela nous mène-t-il ?

Déterminé à lui prouver qu'il s'était trompé sur son compte, elle déclara d'une voix ferme :

— J'ai l'intention de remplir mes devoirs, James, mais... hésita-t-elle nerveusement, laissez-moi le temps. Je... je ne puis...

— Partager le lit d'un inconnu même s'il se trouve qu'il est votre mari ? termina-t-il à sa place.

Elle acquiesça d'un signe de tête, les joues en feu. Il éclata alors d'un rire dur.

— Je veux bien vous donner le temps de vous adapter à votre nouvelle situation ; d'ici là, la nature doit suivre son cours...

Il se rapprocha d'elle. Il la prit par les épaules et la força à s'allonger dans l'herbe. Les oiseaux se turent tout à coup ; ou était-ce le cœur de Mélanie qui battait si fort qu'il couvrait tous les autres bruits ?

— James ?

— Les baisers sont permis ! expliqua-t-il, moqueur.

Il la serra contre lui tout en l'embrassant longuement, sensuellement, éveillant en elle des sensations inconnues. Quand il la relâcha, elle était hors d'haleine et tremblait de tout son être.

— Ce fut très agréable mais j'ai encore beaucoup de travail, dit-il brusquement en se levant.

Et sur ce, il se retourna et continua de déblayer la route.

Mélanie lui proposa de l'aider mais il refusa son offre. Ravalant sa déception, elle rentra au chalet et entreprit d'aérer les pièces et de faire le ménage en attendant le retour de James.

5

Le soleil, tel une boule de feu, s'enfonçait à l'ouest, embrasant les cimes aux contours déchiquetés.

Mélanie laissa échapper un long soupir et enfouit ses mains dans les poches de son parka. Jamais elle ne se lasserait de contempler ces montagnes au crépuscule. Si seulement elle pouvait arrêter le temps pour savourer encore un peu ce spectacle enchanteur !

Combien de fois avait-elle éprouvé ce même sentiment depuis quelques jours ! Elle ressentait, à regarder le coucher du soleil, les mêmes émotions qu'en présence de James et ces impressions toutes neuves la déconcertaient.

Ils avaient passé des heures à explorer la montagne. Et durant leurs soirées au coin du feu, la jeune femme n'avait cessé de réfléchir aux événements qui avaient précédé leur mariage, à la relation étrange qui la liait désormais à James. Il l'avait embrassée passionnément à quelques reprises mais chaque fois, il l'avait repoussée avec une colère contenue pour reprendre son attitude froide et distante.

En fait, il manifestait une maîtrise de lui-même absolument remarquable chez un homme habitué à n'en faire qu'à sa tête avec les femmes ; Mélanie, cependant, se demandait si elle n'allait pas regretter un jour de l'avoir supplié de lui accorder un délai. James serait-il capable de patienter si longtemps ? Qui sait si les prédictions de Delia Cummings ne se réaliseraient pas ? Car, las d'attendre, il risquait fort de retourner auprès de son ex-amie.

A cette pensée, Mélanie eut beau se dire que la vie privée de James ne la concernait nullement, elle fut, malgré tout, bouleversée.

Et, déployant un effort pour se ressaisir, elle rentra au chalet.

Mais ce soir-là, tandis qu'elle bouclait ses valises avant de se mettre au lit, ces sombres idées lui revinrent à l'esprit et persistèrent jusqu'à ce qu'elle sombrât finalement dans un sommeil agité.

— Eh bien, prononça James d'une voix sarcastique comme ils quittaient le chalet le lendemain matin, la lune de miel est terminée.

Mélanie réprima une réplique cinglante et feignit de ne pas avoir entendu sa remarque car il avait à négocier des virages dangereux. Le moment était inopportun pour se quereller ; ils auraient tout le loisir de mettre les choses au point une fois arrivés à la maison.

La maison ! Mais où habiteraient-ils au juste ? se demanda-t-elle tout à coup. James possédait-il une résidence à l'extérieur de Johannesburg ? Ou bien un logement en ville ?

— Où vivrons-nous ? s'enquit-elle, incapable de contenir sa curiosité.

— Dans mon appartement, répondit-il brusquement, manifestement peu disposé à s'attarder sur ce sujet.

Son appartement, devait-elle découvrir quelques heures plus tard, était situé au dernier étage d'un immeuble de grand standing et comportait deux chambres, un cabinet de travail, un salon, une salle à manger et une cuisine moderne. Malgré le mobilier luxueux, la décoration d'un goût exquis dans des tons de crème et or, il y manquait néanmoins le charme, l'atmosphère chaleureuse du manoir de Beaulieu. Et la jeune femme ressentit alors la nostalgie de la maison de son enfance.

Quand James lui montra sa chambre, elle regarda avec une certaine inquiétude le grand lit qu'elle partagerait un jour avec lui.

— Pendant notre absence, j'ai pris des dispositions pour que l'on apporte vos effets, annonça-t-il en désignant quelques malles alignées sous les fenêtres.

— Je vous remercie.

Il la détailla rapidement d'un regard glacial puis tourna les talons et s'en fut dans sa propre chambre. Mélanie poussa un soupir de soulagement et traversa la pièce pour ouvrir les rideaux. Les baies vitrées donnaient sur la ville, ses hauts buildings, son ciel voilé par un brouillard de pollution. Où était le paysage enchanteur qu'elle contemplait de sa chambre de jeune fille au manoir ? se demanda-t-elle, le cœur serré.

Elle entreprit ensuite de déballer ses affaires. Elle défaisait sa troisième valise quand elle aperçut James qui l'observait, appuyé au chambranle de la porte. Il avait retiré son chandail pour endosser un costume sombre et une chemise bleu pâle.

— Vous sortez ? s'enquit-elle avec un vague pressentiment.

Il s'approcha du lit, la mine désinvolte.

— Je vais au bureau ; je serai de retour en fin de soirée.

Tout en parlant, il prit le déshabillé de soie rose que Mélanie avait déposé sur son lit puis parcourut cette dernière des yeux, comme s'il l'imaginait ainsi vêtue. Sans doute cette vision lui plut-elle car il esquissa un sourire.

— Dois-je garder votre... votre repas au chaud ? demanda-t-elle, les joues cramoisies, tandis qu'il remettait délicatement en place le vêtement vaporeux.

— Ne vous donnez pas ce mal ; je mangerai un sandwich... A propos... ajouta-t-il alors qu'il franchissait le seuil. Auriez-vous la gentillesse de préparer mon lit dans la chambre d'ami ? Vous trouverez l'armoire à linge au bout du couloir.

Sur ce, il quitta la pièce et quelques secondes plus tard, Mélanie entendait la porte d'entrée se refermer.

Elle saisit alors son déshabillé et le lança à toute volée dans le fond de son placard. Puis elle retourna à ses valises, mi-confuse mi-furieuse, et continua son rangement avec un regain d'énergie.

La chambre d'ami, découvrit la jeune femme, possédait sa salle de bains et s'avérait aussi spacieuse que la sienne. Le mobilier était identique, à l'exception des lits jumeaux séparés par une table de chevet. Mais elle ressentit tout à coup si fortement la présence de James dans cette pièce qu'elle dut s'armer de courage pour ne pas en ressortir aussitôt sans mettre les draps.

Elle visita ensuite l'appartement. Comme le cabinet de travail était différent de celui de son père ! songea-t-elle. Le bureau de son mari était bien rangé, sans aucun désordre. Etait-il méticuleux ou, tout simplement, pénétrait-il rarement dans cette pièce ? Les murs étaient couverts de livres ; mais à part ces ouvrages, elle ne vit aucun objet personnel susceptible de la renseigner sur le caractère de l'homme qu'elle avait épousé. Elle n'aperçut en fait que deux carabines accrochées au-dessus de la cheminée ; l'une d'elles avait-elle servi à tuer le lion dont la tête empaillée ornait le salon du chalet ?

Elle frissonna et décrocha le récepteur pour téléphoner au manoir de Beaulieu. Miss Eilson répondit aussitôt ; Mélanie demanda des nouvelles de sa grand-mère et promit de leur rendre visite le lendemain.

Poursuivant sa visite de l'appartement, la jeune femme traversa le salon et franchit les portes-fenêtres pour se rendre sur la terrasse. Elle y découvrit avec plaisir un agréable jardinet et décida dès lors de s'allonger sur une chaise-longue afin de lire le journal.

Elle en était à la deuxième page de ce numéro ; paru le surlendemain de leur mariage, quand elle sursauta. Elle venait en effet d'apercevoir une photographie les représentant, James et elle, au moment où ils sortaient de l'église. Sur le cliché, un sourire spontané éclairait son visage, se rendit-elle compte avec stupéfaction ; quant à son compagnon, il souriait également et ses traits avaient perdu un peu de leur gravité.

Mélanie continua d'examiner la photographie ; son regard se posa sur le sautoir de perles ornant son cou. James avait insisté pour qu'elle portât ce jour-là le collier ayant appartenu autrefois à sa mère. Même si le bijou lui seyait à ravir, elle lui avait cependant, obéi de mauvaise grâce ; et dès qu'elle avait retiré sa robe de mariée, elle s'était empressée de ranger le sautoir dans le coffre.

La mère de James avait-elle été jolie ? se demanda-t-elle tout à coup en baissant son magazine pour fixer le vide. En réalité, elle ne connaissait que peu de choses sur son mari. Il avait perdu ses parents dans un accident d'avion, avait-il expliqué à sa grand-mère ; mais à part les quelques détails publiés par les journaux, Mélanie ne savait rien de lui.

Le temps s'était rafraîchi. Elle prit la revue et rentra dans le salon ; elle profiterait de l'absence de James son époux pour continuer sa lecture pendant la soirée.

Au fait, pensa-t-elle en se mettant au lit quelques heures plus tard, James était-il réellement à son bureau ou ne se trouvait-il pas plutôt chez Delia Cummings ?

Qu'importe ! songea-t-elle avec un haussement d'épaules. Il était libre après tout, de passer ses soirées avec une autre femme...

La poitrine étrangement oppressée soudain, Mélanie éteignit la lampe de chevet. Elle se mit à réfléchir aux deux semaines qui venaient de s'écouler et se rappela tout à coup pourquoi le nom de Delia Cummings lui était familier. Elle l'avait entendu pour la première fois ce fameux vendredi où elle s'était rendue au bureau de James afin de le supplier de reporter la vente du manoir. Ce dernier avait alors prié sa secrétaire d'avertir Miss Cummings, qu'il la verrait ce soir-là.

Quelle avait été la réaction de Delia en apprenant que James se proposait d'épouser une autre femme ? S'était-elle mise en colère ou au contraire, avait-elle caché son aigreur ? L'industriel était-il à ses côtés en ce moment ?

Elle chassa cette pensée gênante avec un acharnement dont, jusque-là, elle se serait crue incapable. Et se retournant dans son lit, elle tenta de chercher le sommeil.

Ils se retrouvèrent en tête à tête le lendemain matin à l'occasion du petit déjeuner. Son mari semblait particulièrement frais et dispos pour un homme qui avait travaillé tard la veille, songea-t-elle avec cynisme. Il dégusta lentement son repas comme si elle n'avait pas existé. Puis il releva la tête et haussa un sourcil moqueur ; la jeune femme baissa vivement les paupières, rose de confusion.

— Vous avez bien dormi, je présume ? lança-t-il d'un ton sarcastique.

— Oui, je vous remercie, murmura-t-elle poliment.

— Quels sont vos projets pour aujourd'hui ?

— Je me proposais de rendre visite à ma grand-mère et de faire les courses car les armoires de la cuisine sont presque vides.

— Je mange rarement à la maison mais procurez-vous le nécessaire et demandez que l'on m'envoie la facture. Et voici pour vos achats personnels, ajouta-t-il en prenant son chéquier dans sa poche pour rédiger un chèque.

Elle eut le souffle coupé en apercevant le montant ; c'était l'équivalent de plus de trois mois de son salaire ! Elle répugnait toutefois à accepter l'argent de James alors que la dette de son père était déjà si importante.

— James, je ne veux pas...

— Que vous le vouliez ou non, je m'en moque. C'est moi qui décide, l'interrompit-il froidement avant de vider sa tasse d'un trait. À ce soir.

Avant même qu'elle pût réagir, la porte d'entrée claquait à toute volée.

Mélanie se retrouva seule. Que faire de ce chèque ? Elle ne s'en servirait pas car elle avait trop de scrupules. Après un bref moment d'hésitation, elle le déchira et, la mine satisfaite, en jeta les morceaux dans la corbeille à papier. James n'y verrait que du feu ; elle possédait encore assez d'argent pour tenir pendant plusieurs mois à condition de ne pas commettre de folies.

Quand elle arriva au manoir de Beaulieu en fin de matinée, elle trouva son aïeule au salon.

— Mélanie, ma chérie, comme je suis contente de

vous voir ! fit cette dernière avec un sourire heureux. Vous m'avez beaucoup manquée !

— Vous aussi, grand-mère, vous m'avez manquée, admit sa petite-fille en se penchant pour l'embrasser. Comment vous portez-vous ? ajouta-t-elle, anxieuse, en remarquant son visage émacié.

— A merveille, ma chérie, trancha son interlocutrice en lui indiquant une chaise. Asseyez-vous et racontez-moi votre semaine. Etes-vous heureuse ?

— Oui, grand-mère, mentit-elle en évitant le regard perspicace de la vieille dame.

— L'air de la montagne vous a fait grand bien. Ou serait-ce James, le responsable de ces joues rosies et de ces yeux étincelants ?

— Les deux, je crois, répliqua Mélanie, affreusement gênée d'être forcée de jouer la comédie à son aïeule.

Elles bavardèrent toutes deux durant un moment. Mélanie s'aperçut alors avec tristesse que sa grand-mère vivait dans le passé ; celle-ci parla longuement de son fils, de ses amis disparus comme si elle avait hâte de les retrouver dans l'au-delà. .

— Miss Wilson... demanda un peu plus tard Mélanie à l'infirmière au moment de quitter le manoir. Comment se porte ma grand-mère ?

— Très bien, compte tenu de son état de santé.

— Je veux la vérité ! exigea la jeune femme en scrutant le visage impénétrable de l'infirmière qui, depuis les quelques mois qu'elle était au service de Mme Ryan, faisait désormais presque partie de la famille.

Miss Wilson détourna les yeux.

— Vous devriez peut-être interroger son médecin. Il...

— C'est à vous que je pose la question ! insista-t-elle, le cœur étreint par l'angoisse.

— Mon enfant... commença Miss Wilson avec un

soupir résigné. La santé de votre grand-mère décline rapidement. Depuis le décès de votre père, elle réagit moins bien à son traitement.

— Qu'entendez-vous par là ? Aurait-elle perdu la volonté de vivre ? s'exclama-t-elle, incrédule.

— On le dirait, oui.

Elle fut anéantie. L'existence sans sa grand-mère lui paraissait inconcevable.

— Je suis désolée, mon enfant, poursuivit l'infirmière.

Mélanie refoula les larmes qui perlaient à ses cils et déclara avec un pauvre sourire :

— Je vous ai demandé la vérité, Miss Wilson, et je vous suis reconnaissante de votre franchise.

Tel une automate, elle sortit du manoir et descendit l'avenue. Une fois parvenue à l'arrêt de l'autobus, toute au souvenir de sa conversation avec l'infirmière, elle ne remarqua pas la Chevrolet qui s'immobilisait en bordure du trottoir.

— Mélanie !

Elle sursauta en entendant crier son prénom.

— Adrian ! s'exclama-t-elle en apercevant son ami penché à la portière. Que faites-vous ici ?

— Je vous attendais.

— Comment saviez-vous que je serais là ce matin ? demanda-t-elle avec curiosité.

— J'ai téléphoné au manoir hier soir pour obtenir de vos nouvelles ; Miss Wilson m'a annoncé qu'elle vous attendait aujourd'hui, expliqua-t-il avec un sourire charmant. Montez ; je vous déposerai où vous voudrez.

— C'est très gentil à vous, Adrian, mais... hésita-t-elle, connaissant les sentiments du jeune homme à son égard.

— J'ai à vous parler, Mélanie, insista-t-il.

Il lui jeta alors un regard si suppliant qu'elle se laissa attendrir.

— Cela vous dérangerait-il beaucoup de me conduire en ville ?

— J'y allais justement, sourit-il.

Elle s'installa dans la voiture et Adrian démarra à vive allure.

— Vous vouliez me parler ? dit-elle, intriguée par la gravité de son expression.

— Etes-vous heureuse, Mélanie ? s'enquit-il de but en blanc.

Elle détourna vivement la tête pour cacher la tristesse de son regard.

— Oui, bien sûr.

— En êtes-vous certaine ?

— James ne me maltraite pas, si c'est ce que vous tentez d'insinuer ! rétorqua-t-elle.

— Calmez-vous, dit-il en ralentissant pour se garer tout près d'un jardin public.

— Pourquoi nous arrêtons-nous ?

— Je veux vous parler, répliqua-t-il en se tournant vers elle.

— N'êtes-vous pas capable de conduire et de discuter en même temps ?

— Mélanie... commença-t-il en la regardant avec attention. Je suis au courant de l'emprunt qu'a contracté votre père.

— Vraiment ? répliqua-t-elle prudemment alors qu'en réalité, elle était affolée.

— Je sais également qu'il a offert à James Kerr le manoir de Beaulieu en gage, continua-t-il.

— J'ignore qui vous a fourni ces renseignements, mais...

— James Kerr vous a-t-il forcée de l'épouser ?

— Ne soyez pas ridicule ! riposta-t-elle sur la défensive. Vous n'avez pas le droit de m'interroger ainsi, Adrian !

— Je vous aime, déclara-t-il calmement, et cela

76

me donne tous les droits de m'inquiéter à votre sujet.

— Vous n'avez absolument pas à vous faire du souci ! répliqua-t-elle d'un ton brusque. Qui vous a parlé de cet emprunt ?

— J'ai promis de garder le secret. Mais c'est tout de même remarquable de voir à quel point les gens sont bavards quand ils ont bu quelques verres, avoua-t-il sans vergogne.

Scandalisée, Mélanie demeura bouche bée durant quelques instants.

— Vous êtes ignoble ! proféra-t-elle enfin d'une voix glaciale. Votre indiscrétion dépasse les bornes ! Quant à l'emprunt qu'a contracté mon père, c'est une affaire strictement privée entre mon mari et moi !

Mon mari ! C'était la première fois qu'elle faisait allusion à James en ces termes mais elle était trop en colère pour s'en rendre compte. Adrian rougit de confusion.

— Je me tracassais tant à votre sujet, allégua-t-il.

— Ce n'est pas une excuse valable ! déclara-t-elle fermement en ouvrant la portière.

— Où allez-vous ? demanda-t-il avec anxiété.

— Je vais prendre l'autobus ! jeta-t-elle en s'éloignant.

— Ne soyez pas ridicule !

— Au revoir, Adrian ! lança-t-elle d'un ton qui n'admettait pas de réplique.

Par chance, le véhicule arriva au moment même où elle atteignait l'arrêt. Elle tendit son ticket puis choisit un siège. Quand elle fut suffisamment calmée pour réfléchir clairement, elle regretta de s'être emportée contre Adrian. Peut-être, l'aurait-elle convaincu plus aisément en écartant sa remarque par une boutade ! Il était maintenant trop tard pour y changer quoi que ce soit, songea-t-elle tristement ;

elle ne pouvait que compter sur la discrétion de son ami.

Après le dîner ce soir-là, elle sortit sur la terrasse. Depuis la ville tout illuminée montait une rumeur confuse ; la jeune femme eut alors le sentiment de vivre au beau milieu d'une ruche bourdonnante d'activité et regretta amèrement la paix et la tranquillité du manoir de Beaulieu.

Soudain, elle entendit des pas derrière elle ; elle se retourna et en proie à une vive émotion, aperçut James qui s'accoudait au parapet à ses côtés. Il termina sa cigarette en silence. Sa chemise blanche, déboutonnée jusqu'à la taille, faisait ressortir le hâle de son torse musclé. Vivement troublée, Mélanie prononça la première phrase qui lui vint à l'esprit.

— Cela vous plaît de vivre dans cette jungle de béton ?

— C'est pratique.

— Etouffant serait un terme plus exact ! corrigea-t-elle en s'écartant de lui pour échapper à son magnétisme.

— Le manoir de Beaulieu vous manquerait-il déjà ?

Elle eut la gorge serrée tout à coup et annonça :

— J'ai vu ma grand-mère ce matin.

— Comment se porte-t-elle ?

— Sa santé ne s'améliore guère.

— A son âge, on ne peut pas s'attendre à des miracles.

— Je n'imaginais pas qu'elle renoncerait à vivre sans même essayer de lutter, murmura-t-elle en serrant les poings pour ne pas pleurer. Si seulement je pouvais quelque chose pour elle !

— On ne peut rien contre la volonté de Dieu, Mélanie.

Elle se mordit la lèvre et refoula ses larmes ; puis elle chuchota d'une voix tremblante :

— Je sais... mais je me sens si impuissante !

Il la prit par les épaules d'un geste infiniment doux et la tourna vers lui.

— Vous remueriez ciel et terre pour les gens que vous aimez, n'est-ce pas, Mélanie ?

Elle était trop émue pour répondre, trop consciente de cet homme viril tout près d'elle pour réfléchir clairement. La brise agitait ses cheveux, tel un voile argenté sur son fin visage. James leva une main pour écarter une mèche soyeuse et effleura tendrement sa joue veloutée, sa gorge.

— Quand vous aimerez, Mélanie, ce sera d'un amour profond, continua-t-il de son intonation grave qui la faisait frissonner.

Une petite voix lui souffla que James tentait délibérément de la séduire. Mais ses membres ne lui obéissaient plus ; le cœur battant, la jeune femme frémit sous la caresse. Et lorsqu'il l'attira vers lui, elle s'abandonna dans ses bras et répondit avec fièvre à son baiser.

— Adorable petite sorcière, souffla-t-il à son oreille comme elle se pendait à son cou. Votre capitulation compensera la perte de ma liberté.

Mélanie retrouva du coup toute sa raison et eut honte d'avoir succombé aussi facilement.

— *Votre* liberté ? suffoqua-t-elle, furibonde, en échappant à son étreinte pour se mettre à l'abri derrière une chaise longue. Et la mienne, qu'en faites-vous ?

— Nous n'allons pas nous quereller pour si peu, répliqua-t-il en riant tout en s'avançant vers elle.

Elle recula vivement.

— J'ai renoncé à ma liberté pour une noble cause mais vous ne pouvez en dire autant ! cria-t-elle d'une voix étranglée, au bord des larmes. Si vous saviez combien je regrette de vous avoir rencontré ! Vous êtes arrogant, entêté et *je vous hais !*

James, d'un geste, repoussa la chaise, saisit Mélanie par les épaules et la secoua ; puis la pressant contre lui, il la força à soutenir son regard.

— Vous croyez me détester, l'accusa-t-il d'un ton dur, mais je ne vous suis pas aussi indifférent que vous le prétendez... j'en mettrais ma main au feu !

— Lâchez-moi ! Vous me faites mal ! suffoqua-t-elle, les yeux mouillés de larmes.

— Je vous lâcherai uniquement quand vous aurez entendu ce que j'ai à vous dire ! proféra-t-il d'une voix métallique. Je pourrais abuser de vous sur-le-champ et vous n'opposeriez aucune résistance. Mais je n'en ai plus envie, figurez-vous. Réfléchissez-y bien, Mélanie, et réfléchissez également à ceci.

Sur ce, il s'empara fougueusement de sa bouche. Impuissante face aux émotions qu'éveillait en elle cette étreinte, elle cessa de se débattre et se blottit contre son mari.

Mais soudain, il la relâcha et déclara d'un ton froid, indifférent :

— Vous feriez mieux de rentrer.

L'espace d'un instant, elle le fixa sans comprendre, les lèvres palpitantes et encore tièdes de son baiser ardent. Puis, oppressée par la honte, elle s'enfuit en courant dans sa chambre et s'y enferma.

« Que m'arrive-t-il ? se demanda-t-elle, humiliée. J'ai été incapable tout à l'heure de repousser ses avances ! Je me suis même moquée de l'opinion qu'il aurait eue de moi par la suite ! »

Choquée par la nature de ses réflexions, la jeune femme essaya de les écarter, mais en vain. Et soudain, la vérité lui apparut dans toute son horreur.

— Non ! Je ne puis être amoureuse de lui ! C'est impossible ! chuchota-t-elle avec anxiété en se dirigeant vers son lit d'un pas défaillant. Non ! Je ne puis aimer un homme si dur, si cruel ! Un homme qui n'a jamais caché qu'une femme était uniquement pour lui un objet de désir !

Elle pressa sur ses tempes des doigts tremblants. Elle avait donné son cœur à James alors qu'elle ne représentait pour lui qu'un caprice. Et quand il serait lassé d'elle, il n'hésiterait pas à divorcer. A cette pensée atroce, elle eut mal jusqu'au tréfond de son être. Il lui fallait néanmoins regarder la vérité en face et cesser de rêver d'un avenir idyllique.

Elle entendit James marcher dans la chambre voisine, ouvrir et fermer son armoire ; quelques minutes plus tard, la porte d'entrée claquait. Il se rendait sans doute chez Delia Cummings pour trouver en sa compagnie, quelque réconfort...

Profondément blessée, Mélanie essaya néanmoins de chasser de son esprit l'image de son mari dans les bras de Delia. Mais lorsqu'elle s'endormit, son oreiller était mouillé de larmes.

Peu avant dix heures le lendemain matin, la sonnette retentit. Mélanie alla ouvrir ; un jeune homme, mince, les cheveux indisciplinés, le regard souriant, se tenait sur le seuil.

— Madame Kerr ?

C'était la première fois qu'on l'appelait ainsi.

— Oui, murmura-t-elle.

— Barnaby Finch, annonça-t-il en lui tendant la main. Je suis l'homme de confiance de M. Kerr.

— Je vois.

— J'en doute, madame, répliqua-t-il en riant tandis qu'elle s'écartait pour le laisser entrer. Et je suis sûr que vous vous interrogez sur l'objet de ma visite.

Mélanie éclata d'un rire doux et se dirigea vers le salon.

— Vous ne vous trompez pas, monsieur Finch.

— On m'appelle Barnaby. En fait, c'est votre époux qui m'a prié de me présenter chez vous ce matin. Votre grand-mère, m'a-t-il dit, est malade, ajouta-t-il avec gravité en s'asseyant ; je suis donc à votre service jusqu'à ce que M. Kerr vous achète une voiture.

Déroutée par cette révélation, la jeune femme répondit d'un ton brusque :

— Mon mari est très bon d'y avoir songé et j'apprécie votre offre mais je suis capable de prendre l'autobus.

— J'en suis persuadé, mais j'ai l'ordre de vous conduire là où vous désirez aller. Vous pouvez me joindre toute la journée à ce numéro, poursuivit-il en déposant une carte sur la petite table.

— Monsieur Finch... Barnaby, se hâta-t-elle de corriger en le voyant grimacer, j'ai horreur de déranger les gens.

Le jeune homme passa des doigts maigres dans sa chevelure rebelle.

— A dire la vérité, cette idée ne me plaisait pas à moi non plus ; mais maintenant que j'ai fait votre connaissance, je suis très content à la perspective de vous servir de chauffeur.

Un sourire éclaira le visage de Mélanie, redonna de l'éclat à son regard.

— C'est très gentil à vous, et votre honnêteté est toute à votre éloge.

— Aviez-vous l'intention de sortir ce matin ? Vous pensiez rendre visite à votre grand-mère peut-être ? insista-t-il comme elle hésitait.

— Oui, je me proposais justement d'aller au manoir de Beaulieu mais...

— Dans ce cas, je vous y conduis, l'interrompit-il en bondissant sur ses pieds. Pendant que vous vous préparerez, j'irai dans le cabinet de travail avec votre permission et je téléphonerai à votre mari pour le prévenir.

Elle acquiesça d'un signe de tête et gagna sa chambre afin de chercher son manteau et son sac. Barnaby semblait bien connaître l'appartement, songea-t-elle tout en rafraîchissant son maquillage. Que pensait-il du mariage inopiné de son patron ?

— Etes-vous bien installée, madame Kerr ? s'enquit le jeune employé en se mettant au volant de la Mercedes.

— Oui, très bien, je vous remercie... A propos, Barnaby, ajouta-t-elle tandis que la voiture démarrait, puisque nous nous verrons souvent à l'avenir, pourquoi ne pas m'appeler tout simplement par mon prénom ?

— Mon patron n'encourage pas la familiarité, madame Kerr.

Elle n'en fut guère étonnée.

— C'est entendu, je vous nommerai désormais « monsieur Finch ».

— Je ne le supporterais pas, se renfrogna-t-il.

— Dans ce cas, si vous disiez « Mélanie quand nous sommes seuls tous les deux ?

— C'est du chantage... Mélanie ! s'exclama-t-il en riant. Cependant, en présence de votre mari il ne faudrait pas que je me trompe ! Sinon je me retrouverais au chômage !

Grâce à l'agréable compagnie de l'employé, le trajet parut à la jeune femme plus court qu'à l'accoutumée. Une fois la glace rompue, ils avaient bavardé comme de vieux camarades.

— A quelle heure dois-je revenir vous prendre ? s'enquit-il en l'aidant galamment à descendre de voiture.

— Je vais déjeuner avec ma grand-mère ; vous pouvez donc passer vers trois heures.

— Très bien, approuva-t-il avec un sourire. A plus tard, Mélanie !

Elle regarda la Mercedes disparaître dans l'avenue et demeura encore un moment à admirer le parc baigné de soleil, ses vastes pelouses, ses arbres magnifiques. C'était le paradis de son enfance, l'éden que lui ravirait James un jour, songea-t-elle avec désespoir.

— Qui était ce jeune homme ? l'interrogea son aïeule quelques instants plus tard dans le salon.

— Barnaby Finch, l'homme de confiance de James, expliqua sa petite-fille en s'asseyant sur un pouf à ses pieds. A la demande de James, il sera mon chauffeur jusqu'à ce que je possède mon propre véhicule.

— Comme James est bon pour vous !

— Je ne devrais pas lui permettre d'être si généreux.

— Pour quelle raison ?

Elle évita le regard curieux de son aïeule.

— Je n'aime pas le voir dépenser de l'argent pour moi.

— Mais James est votre mari ! répliqua la vieille dame. Il est donc tout naturel qu'il ait envie de vous choyer !

— Une voiture est un cadeau coûteux, grand-mère, objecta-t-elle avec un rire vacillant.

— Il en a les moyens ! lui rappela cette dernière. Je me fais du souci pour vous, ma chérie. Je vous ai trouvée très évasive hier... et très pressée de dévier la conversation. Vous n'auriez pas découvert que vous avez commis une erreur, j'espère ?

— Mais non, grand-mère, répondit la jeune femme en détournant la tête.

— Mélanie, regardez-moi, ordonna-t-elle et la jeune femme lui obéit à contrecœur. Aimez-vous James ?

— Oui, murmura-t-elle, la gorge nouée.

— Ne me dites pas de mensonges. Je veux la vérité.

— Mais je ne mens pas !

Elle enfouit son visage dans le giron de son interlocutrice tandis que de grosses larmes coulaient sur ses joues pâles.

— Grand-mère, si vous saviez seulement à quel point j'en suis amoureuse !

Car elle aimait en effet son mari de tout son être.

— Je vous comprends, ma chérie, murmura Mᵐᵉ Ryan en caressant les cheveux soyeux de sa petite-fille. J'ai adoré votre grand-père avec la même passion ; et il suffisait parfois d'une moue impatiente de sa part pour que je me sente profondément blessée. Vous êtes-vous querellée avec votre mari ?

— Oui... et non, soupira-t-elle en se redressant pour prendre un mouchoir dans son sac.

— Ma pauvre chérie, énonça-t-elle tendrement tandis que Mélanie se tamponnait les yeux. Tout s'arrangera, dites-le-vous bien ; et souvent ces petits différends détendent l'atmosphère.

— Je ne suis pas venue ici pleurer sur votre épaule, se ressaisit-elle.

— Je sais, fit la vieille dame en lui tapotant affectueusement le bras. Ah, Miss Wilson, vous nous apportez le thé ! C'est une excellente idée, vous arrivez à point nommé !

Mᵐᵉ Ryan n'aborda plus ce sujet et Mélanie, pour lui faire plaisir, feignit la gaieté. Cependant, au fur et à mesure que s'écoulait la journée, la jeune femme oublia temporairement ses ennuis quand elle vit combien facilement se fatiguait sa grand-mère. Durant la matinée, celle-ci s'était en effet assoupie à plusieurs reprises dans son fauteuil pour se réveiller quelques minutes plus tard et reprendre la conversation comme si de rien n'était. Sa petite-fille en fut bouleversée.

Barnaby arriva ponctuellement à trois heures.

— Ma grand-mère fait la sieste, expliqua Mélanie en lui ouvrant la porte, mais j'ai demandé que l'on nous apporte le thé au salon.

— C'est très joli, remarqua-t-il en regardant avec intérêt autour de lui.

— Le manoir de Beaulieu aurait bien besoin d'être rénové mais...

Elle s'interrompit ; il était inutile de s'étendre sur ce sujet.

— Je vous sers du lait et du sucre ? reprit-elle.

— Un nuage de lait et deux morceaux de sucre, s'il vous plaît répondit-il avec un sourire communicatif. Cette scène est très réaliste, ajouta-t-il en remarquant un tableau accroché au mur, qui représentait un chasseur en train d'admirer un troupeau d'antilopes.

— Mon grand-père peignait durant ses loisirs, expliqua-t-elle. Il a fait plusieurs safaris dans sa jeunesse mais n'aimait pas se servir d'une arme. Il a exécuté ce tableau de mémoire ; je le trouve plutôt réussi.

— M. Kerr chassait lui aussi il y a quelques années.

— J'ai vu dans son chalet le lion empaillé qu'il a abattu d'un coup de carabine.

— Il l'a tué avec un couteau de chasse, corrigea Barnaby. Ne vous l'a-t-il pas dit ?

Mélanie, éberluée, secoua la tête.

— L'un des membres de l'équipe avait tiré trop tôt et n'avait réussi qu'à blesser le lion, expliqua-t-il. Votre mari et le fils du fermier partirent donc à la recherche du fauve pour l'achever. Figurez-vous qu'ils se retrouvèrent dans son repaire ; la bête, hors d'elle, bondit sur le fils du fermier. Pour comble de malheur, la carabine de votre époux s'enraya ; n'écoutant que son courage, ce dernier sauta à califourchon sur l'animal et le poignarda.

— Il a sauvé la vie d'un homme, prononça la jeune femme, émue et gonflée d'orgueil.

— Et il a de fameuses cicatrices pour le prouver, renchérit son interlocuteur.

— Quelles cicatrices ?

— Vous avez sûrement vu les marques laissées par les dents du lion sous son bras gauche !

— Oh !... Oui, bien sûr ! mentit-elle. Est-ce pour ce motif qu'il a fait empailler la tête du lion ?

— Non, répondit son interlocuteur avec un sourire espiègle. C'est le fermier qui la lui a offerte en cadeau. Votre mari pouvait donc difficilement refuser. Vous savez, Mélanie, ajouta-t-il, la mine grave, il y a peu de gens qui sont au courant de cet événement. Je pense que cela embarrasse M. Kerr d'en discuter.

Pour quelle raison ? se demanda Mélanie en son for intérieur. Craignait-il qu'on le découvre capable d'éprouver des sentiments ? Elle ignorait décidément tout de son époux, se dit-elle pour la énième fois ; mais maintenant qu'elle l'aimait, elle ressentait à son égard une curiosité insatiable.

— Depuis combien de temps travaillez-vous pour lui ?

— Six ans.

— Vous le connaissez alors très bien, constata-t-elle.

— Oui, je le crois, acquiesça-t-il, l'expression pensive.

— Vous avez sûrement été surpris d'apprendre notre mariage, remarqua-t-elle en dirigeant la conversation sur ce sujet qui lui tenait à cœur.

— Surpris ? Le terme est faible ! s'exclama le jeune homme en riant.

— A cause de l'amitié de mon mari envers Delia Cummings, je suppose ?

Barnaby se raidit sur sa chaise.

— Vous avez entendu parler de cette femme ?

— Oui.

— Leurs relations étaient sans doute moins sérieuses que nous le supposions tous, répondit-il évasivement en jetant un coup d'œil à sa montre.

— Comment est-elle, Barnaby ? interrogea Mélanie, avide d'en savoir davantage sur cette personne qui semblait si sûre de son emprise sur James.

— Elle est très belle.

— Est-ce tout ce que vous pouvez me dire sur son compte ? fit-elle, déçue.

Il afficha une moue gênée.

— J'aime beaucoup bavarder avec vous, Mélanie, mais je dois absolument retourner au bureau.

Elle soupira : elle ne tirerait rien de plus de Barnaby...

— Vous êtes très loyal, fit-elle à voix haute en prenant son manteau. J'espère que vous le serez également envers moi.

A son grand étonnement, elle le vit rougir puis blêmir.

— Mélanie, j'ai un aveu à vous faire, murmura-t-il en évitant son regard. Je suis au courant de l'argent que votre père a emprunté à M. Kerr.

— Est-ce tout ? demanda-t-elle d'un ton apparemment calme alors qu'elle tremblait intérieurement.

— Non, ce n'est pas tout, confessa-t-il en relevant la tête, les yeux implorant. J'ai lié connaissance avec l'un de vos amis un soir ; et je le lui ai révélé.

La jeune femme devint livide.

— Vous faites sans doute allusion à Adrian Louw.

— C'est exact, énonça-t-il tristement. Je n'avais pas du tout l'intention de lui dévoiler ce secret mais...

— Mais quelques verres vous ont délié la langue, termina-t-elle sèchement en se rappelant sa conversation de la veille avec Adrian.

Il la regarda d'un air perplexe.

— Comment... le savez-vous ?

— Cela n'a aucune importance, fit-elle avec un sourire forcé. Je vous remercie de m'en avoir parlé... et surtout, n'y pensez plus.

L'employé avait la mine contrite mais la jeune femme réussit finalement à le dérider ; et lorsqu'il la déposa à la porte de chez elle, il avait retrouvé sa belle humeur.

Quand Mélanie pénétra dans l'appartement, le téléphone sonnait. Elle jeta vivement son manteau sur une chaise et courut répondre.

— Mélanie, j'ai passé la journée à essayer de vous joindre, fit la voix d'Adrian.

— J'étais au manoir, répliqua-t-elle en se retenant pour ne pas laisser éclater sa colère. Aviez-vous une communication importante à me faire ?

— Je tenais à vous présenter mes excuses pour hier et vous inviter à prendre le thé la semaine prochaine.

— Je veux bien car j'avais justement à vous parler.

— Mardi au Carlton vers cinq heures alors ? suggéra-t-il un tant soit peu étonné qu'elle ait accepté sans se faire prier.

— Volontiers.

— A la bonne heure ! s'exclama-t-il. A mardi, Mélanie !

Quand elle eut raccroché, elle réfléchit à sa décision. Peut-être avait-elle eut tort d'accepter son invitation ; mais d'un autre côté, elle était déterminée à lui dire ses quatre vérités en face.

Quelques jours plus tard, la jeune femme devait apprendre de Barnaby que, contrairement à ses appréhensions, James passait bel et bien ses soirées au bureau à travailler aux plans d'une nouvelle aciérie. Ce fut pour elle un soulagement intense de savoir qu'il ne se délassait pas en compagnie de Delia Cummings. Cette nouvelle, toutefois, ne diminua pas pour autant la tension qui régnait entre les deux époux. Son mari restait calme, poli en sa présence mais rien de plus ; et elle commençait à désespérer de son indifférence.

C'est à la fin de cette même semaine, lors d'une réception chez l'un des associés de James, que Mélanie fit la connaissance de Delia Cummings.

Grande, très brune, incroyablement svelte, celle-ci était la plus belle femme que Mélanie eût jamais rencontrée. Elle se dirigea vers eux au moment où ils pénétraient dans le salon et appela James « mon chéri » d'une voix langoureuse. Elle portait un long fourreau de satin noir qui moulait ses formes parfaites. Ses grands yeux noisette sous les sourcils finement arqués étaient ourlés de longs cils. Sa bouche, charnue et fardée de rouge, esquissa une moue sensuelle lorsque, d'un geste possessif, elle passa son bras sous celui de James.

— Quel plaisir de vous revoir ! susurra-t-elle tout en jetant sur Mélanie un coup d'œil glacial. Présentez-moi votre femme, mon chéri.

Delia jouait parfaitement la comédie : personne n'aurait pu soupçonner qu'elles s'étaient déjà parlées auparavant ! James se chargea donc des présentations mais ne déploya néanmoins aucun effort pour repousser ces longues mains aux ongles écarlates qui s'agrippaient à son poignet. La jeune femme eut alors la sensation très vive — et extrêmement désagréable — que plusieurs invités les observaient avec un intérêt non dissimulé et que bientôt les langues iraient bon train.

— Je mourais d'envie de vous connaître, ma chère ! Nous devons absolument nous revoir pour bavarder un peu. Après tout, je suis une vieille amie de James ; n'est-ce pas, mon chéri ? fit Delia avec chaleur.

Sur ce, elle lui décocha une œillade qui laissait supposer entre eux une telle intimité que Mélanie éprouva un élan de jalousie inaccoutumé.

— Prenez garde, Delia, dit James d'un ton badin. Il fut un temps où vous n'auriez jamais utilisé le terme « vieille » pour vous décrire !

— Vous êtes cruel, mon chéri, et je me demande parfois pourquoi j'accepte vos sarcasmes, répliqua calmement l'intéressée. Soyez gentil et allez me chercher à boire.

Les yeux de James cherchèrent ceux de Mélanie.

— J'en ai pour un instant.

Cette dernière hocha la tête et se retint pour ne pas le suivre car elle était en réalité affolée à l'idée de se retrouver seule en compagnie de cette femme.

— Vous n'avez jamais répété à James notre conversation téléphonique, je suppose ?

— Non.

— Voilà qui est très sage, ma chère, susurra Delia, le regard triomphant.

— Vous semblez persuadée qu'il vous reviendra.

— Cela ne fait pas l'ombre d'un doute ! Je connais trop bien James pour me tromper, déclara sa rivale avec un tel aplomb que son interlocutrice fut soudain en proie au plus sombre désespoir. Vous ne possédez pas les qualités nécessaires pour garder un homme comme lui, continua-t-elle en jetant un coup d'œil méprisant sur la jeune mariée, toute menue dans sa robe de soie crème. Il se lassera avant longtemps de votre innocence, de votre allure enfantine, et se rendra compte alors que je suis la seule à pouvoir le satisfaire.

Mélanie se retint de justesse pour ne pas gifler le beau visage suffisant de Delia Cummings. A ce moment précis, elle aperçut son mari qui se frayait un chemin parmi les invités pour les rejoindre. Elle faillit éclater en sanglots tant elle en fut soulagée.

— Voici, Delia, fit James quelques secondes plus tard en lui tendant un verre.

— Mon chéri, vous êtes un amour !

— Je vous prie de nous excuser, Delia, dit-il aussitôt ; je viens de repérer mon ami McAlister et j'aimerais lui glisser deux mots.

Delia acquiesça avec grâce puis James prit le bras de Mélanie et la guida vers un homme d'un certain âge qui dégustait un whisky à l'autre extrémité de la pièce. L'industriel fit les présentations ; c'était de M. McAlister, saisit aussitôt la jeune femme, que dépendait le contrat de son mari concernant la nouvelle aciérie.

— Je comprends pourquoi James était si pressé de renoncer à la vie de célibataire, remarqua M. McAlister avec un coup d'œil admiratif qui la fit rosir.

— Vous êtes très aimable, monsieur, le remercia-t-elle avec un sourire tandis que James lui jetait un regard narquois.

— Si nous parlions affaires ? proposa ce dernier.

— Avec plaisir, mon cher, accepta son interlocuteur.

— Je vais faire une petite promenade sur la terrasse, s'excusa Mélanie avec tact pour leur permettre de discuter en tête à tête.

S'enveloppant dans son châle, elle sortit dans la nuit fraîche et se dirigea vers une tonnelle de chèvrefeuille, ravie de pouvoir s'isoler enfin. Delia s'était montrée particulièrement déplaisante et ne renoncerait pas de sitôt à James, soupira-t-elle. Puis, tentant d'écarter ces pensées moroses, elle déploya un effort pour recouvrer son sang-froid qu'elle avait lamentablement perdu en présence de sa rivale.

Elle était là depuis un moment lorsque soudain elle entendit tout près une voix claire déclarer :

— Chaque fois que je vois Delia Cummings, j'ai l'impression qu'elle a rajeuni !

— Et quelle silhouette ! renchérit une seconde personne.

— Ce n'est guère étonnant : elle mange comme un oiseau. Quand on est mannequin, on doit constamment surveiller sa ligne.

Mélanie en était à se demander si elle devait sortir de sa cachette, lorsque la femme à la voix claire prononça une phrase qui la cloua sur place.

— Comment se sent-on, je me le demande, lorsqu'on se retrouve nez à nez avec l'amie de son mari ?

Mélanie retint son souffle tandis que la seconde femme corrigeait :

— *L'ex*-amie !

— Je n'en suis pas si sûre... dit la première d'un ton songeur. Ils ont entretenu des relations passionnées durant deux ans et cela m'étonnerait que Delia renonce à James de si bonne grâce.

Mélanie ne pouvait plus quitter la tonnelle au risque de s'humilier encore davantage.

— L'épouse de James est très jolie, remarqua son interlocutrice.

— Oui, mais elle n'est pas de taille à lutter contre Delia, affirma la personne à la voix claire. Entre nous, je ne voudrais pas me trouver à la place de Mélanie Kerr ! N'avez-vous pas remarqué le petit manège de Delia, il y a quelques minutes ? Elle est allée chercher James, qui discutait avec M. McAlister, et l'a entraîné dans le fond du jardin.

La jeune mariée eut un coup au cœur et dut s'agripper au treillis car ses jambes ne la soutenaient plus.

— Pourvu que sa femme ne s'en soit pas aperçu ! souhaita sa compagne.

Sur ce, les deux inconnues continuèrent leur promenade. Bouleversée, livide, Mélanie partit en courant pour se heurter, quelques secondes plus tard, contre un invité qui au même moment gagnait la terrasse.

— Oh ! suffoqua-t-elle. Je suis navrée, monsieur McAlister, je ne vous avais pas vu dans l'obscurité !

— Je suis sorti pour respirer l'air frais car on étouffe à l'intérieur... comme dans toutes les réceptions d'ailleurs, lui confia-t-il. Vous n'avez sans doute pas envie de tenir compagnie à un vieux monsieur !

— Au contraire, affirma-t-elle, soulagée de ne pas se retrouver seule alors que James...

Elle s'efforça de rassembler ses esprits et prit place sur un banc auprès de M. McAlister.

— Avez-vous entendu parler de cette nouvelle aciérie que nous voulons construire ? s'enquit ce dernier.

— Oui.

— Les *Aciéries Unies* ont examiné les soumissions de plusieurs sociétés d'ingénierie du pays. Nous n'en avons retenu que deux ; celle de la *Cyma,* soit l'entreprise de votre mari, et celle de la *Reef.* La décision, toutefois, n'est pas facile à prendre.

Pour quelle raison abordait-il ce sujet avec elle ? se demanda la jeune femme.

— Quand vous devez faire un choix, sur quels critères vous fondez-vous en premier lieu ? s'enquit-elle à voix haute.

— Nous considérons d'abord les plans, bien sûr, et la qualité du travail.

— Le coût du projet entre-t-il en ligne de compte ?

— C'est un élément primordial et voilà ce qui

rend actuellement notre tâche si difficile. Le projet de James est très intéressant mais, à mon avis, le prix est trop élevé.

Il tira plusieurs bouffées de son cigare avant de se tourner vers sa voisine.

— Si vous étiez à ma place, que feriez-vous ?

— Je ne connais pas suffisamment les affaires de mon mari pour vous répondre et en outre, je ne voudrais pas vous influencer dans un sens comme dans l'autre, répliqua-t-elle, étonnée qu'il lui demande son avis.

M. McAlister retira son cigare de sa bouche et hocha la tête d'un air pensif.

— Voilà une réponse sensée qui m'incite à vous estimer encore davantage. Mais à titre purement confidentiel, quelle serait votre décision ? N'ayez pas peur de me donner votre opinion, ajouta-t-il comme elle hésitait.

Rassurée, elle déclara :

— D'après mon expérience personnelle, chaque fois que j'ai voulu acheter un objet de valeur, j'ai toujours mis le prix ; mais par la suite, jamais je n'ai regretté mon geste.

Son interlocuteur demeura silencieux durant un moment, puis lui adressa un sourire.

— Vos paroles m'ont fait réfléchir, chère madame.

Que signifiait cette remarque ? s'interrogea-t-elle. M. McAlister, néanmoins, ne lui laissa pas le loisir de méditer plus longuement sur ce sujet. Il bavarda agréablement pendant quelques minutes puis retourna à l'intérieur en sa compagnie pour la présenter à sa femme, une personne sympathique. M. McAlister et son épouse eurent la délicatesse de ne pas mentionner l'absence, pourtant évidente, de James. Et lorsque ce dernier reparut un peu plus tard, Mélanie se sentait capable de faire face à la situation.

La soirée traîna en longueur. Aussi, la jeune femme fut-elle grandement soulagée quand James lui proposa enfin de partir. Les McAlister quittèrent la réception en même temps qu'eux et ils se dirigeaient tous vers leurs voitures respectives lorsque M. McAlister déclara :

— Je passerai à votre bureau lundi matin, James, afin de signer le contrat.

Mélanie retint son souffle tandis que son mari demandait :

— Auriez-vous décidé d'accepter mon projet, Mac ?

— Oui, affirma ce dernier. Mais tout le mérite en revient à votre charmante femme.

Les McAlister montèrent dans leur automobile sans se douter de la situation explosive qu'avait provoquée cette remarque anodine. Dans la Jaguar, Mélanie sentit le regard de James rivé sur elle. Elle aurait voulu lui fournir des explications mais fut incapable de prononcer une seule parole. De toute façon, se résigna-t-elle, elle préférait attendre que son mari se soit apaisé pour entamer la discussion.

7

L'atmosphère demeura tendue durant tout le trajet. Mais lorsque James referma la porte de l'appartement, ses yeux gris étincelaient d'une telle fureur que Mélanie eut un mouvement de recul.

— Auriez-vous l'obligeance de m'expliquer le sens de la dernière remarque de McAlister ? exigeat-il d'une voix chargée de colère contenue. Allons, répondez-moi !

Elle prit son courage à deux mains et raconta leur conversation dans le jardin. Son mari, un sourire cynique aux lèvres, l'écouta sans l'interrompre.

— Eh bien, je me rends compte qu'après tout il peut être avantageux d'avoir une femme !

Piquée au vif, elle répliqua d'un ton sarcastique :

— Seriez-vous vexé parce que, par mégarde, j'ai réussi à obtenir ce contrat alors que jusqu'ici vous aviez échoué ?

James blêmit ; l'espace d'un instant, elle crut qu'il la frapperait. Mais déployant un effort manifeste pour se dominer, il déclara sèchement :

— En affaires, Mélanie, je préfère agir seul !

— M. McAlister a insisté pour connaître mon opinion et je la lui ai donnée. Si vous n'êtes pas satisfait des résultats, j'en suis navrée ; mais en toute sincérité, je n'avais nullement l'intention de modifier sa décision en votre faveur et il le savait fort bien du reste.

— Vraiment ? riposta-t-il, la mine méprisante. Puisque vous ne remplissez pas vos devoirs conjugaux, vous espérez probablement vous racheter ainsi !

Elle suffoqua de douleur et d'indignation.

— Ma conscience ne m'a pas dicté ma conduite ce soir, figurez-vous ! D'ailleurs, il en fut de même pour vous !

— Qu'entendez-vous par là ?

Mélanie recula d'un pas car, les traits menaçants, il s'était rapproché d'elle.

— On vous a vu vous esquiver dans le jardin en compagnie de Delia !

— Ah ! J'ai tout compris ! dit-il, glacial.

— Au moins, avez-vous la décence de ne pas le nier ! hurla-t-elle.

— Pourquoi le nierais-je ?

— Ne vous est-il jamais venu à l'esprit qu'en agissant ainsi, vous m'humiliez... que les invités ont sûrement jugé étrange qu'après deux semaines de mariage vous brûliez de vous retrouver en tête à tête avec votre... votre...

— Maîtresse ? compléta-t-il. Est-ce là le mot que vous cherchiez ?

— Oui ? cria-t-elle avec tristesse en se rappelant la conversation qu'elle avait surprise sur la terrasse.

— Pourquoi aurais-je des égards pour vous, Mélanie ? Vous ne les avez pas mérités !

— Ce n'est pas par le chantage que vous m'attirerez dans votre lit, James !

— Il existe d'autres moyens de persuasion ! murmura-t-il en s'avançant vers elle.

— Ne me touchez pas ! s'écria-t-elle.

— Auriez-vous peur que je réussisse ? railla-t-il, impitoyable.

Le sang afflua aux joues de Mélanie quand elle se souvint avec quelle facilité elle avait déjà cédé à ses avances.

— Une conquête par soir ne vous suffit donc pas ?

— Ma patience a des limites, Mélanie ; n'en abusez pas ! proféra-t-il, le regard inquiétant. Bonne nuit !

La jeune femme souffrait trop ce soir-là pour tenir compte de l'avertissement de James. Mais quelques jours plus tard, elle devait se remémorer ses paroles, non sans inquiétude...

Le mardi suivant, elle se rendit au Carlton afin de prendre le thé avec Adrian.

— Vous êtes superbe, remarqua-t-il avec un sourire chaleureux en considérant d'un œil admiratif son joli tailleur rose pâle.

— Je vous remercie, répliqua-t-elle froidement, déterminée à ne pas se laisser distraire du sujet qui lui tenait à cœur. J'ai à vous parler, Adrian.

— Vous paraissez toute grave soudain, chère Mélanie.

— Parce que c'est très sérieux, déclara-t-elle. C'est à propos de votre conversation avec Barnaby Finch.

— Vous êtes donc au courant ? s'exclama-t-il, livide.

Elle hocha la tête.

— Vous avez agi bassement, Adrian, et à l'idée que James puisse apprendre un jour que son homme de confiance l'a trahi, j'en tremble !

— Je suis navré... J'étais si sûr que cet industriel vous avait forcée de l'épouser ! expliqua-t-il d'un ton d'excuse. Dites... comment l'avez-vous su ?

— Barnaby m'a raconté. Car il est loyal, voyez-vous, et il était bouleversé d'avoir trompé James.

J'espère seulement qu'il ne commettra pas l'erreur d'aller tout lui avouer.

— Mélanie, je suis désolé.

— On le serait à moins !

Il tendit la main au-dessus de la table et lui effleura le bras.

— Me pardonnez-vous ? fit-il tristement.

On aurait dit un garçonnet que l'on vient de surprendre en train de voler des gâteaux. La jeune femme oublia du coup sa colère.

— Votre amitié m'a toujours été précieuse, Adrian, mais il ne faut pas dépasser la mesure, le réprimanda-t-elle gentiment.

— Cela ne se reproduira plus, je vous le promets. Mélanie, ajouta-t-il en lui prenant la main, regardez-moi et répondez-moi en toute honnêteté. Etes-vous amoureuse de votre mari ?

Elle hésita un court instant pour sonder son cœur. Malgré tout ce qu'elle savait de James, ses sentiments envers lui n'avaient pas changé. Elle l'aimait profondément, d'un amour capable de surmonter tous les obstacles. Aussi répondit-elle calmement en soutenant le regard d'Adrian :

— C'est une question très personnelle ; mais afin de satisfaire votre curiosité, je vais y répondre. Oui... j'aime James, conclut-elle d'un ton convaincant.

Comprenant à son regard qu'elle disait la vérité, il blêmit, pinça les lèvres.

— Comme je l'envie !

— Adrian !

Il secoua la tête, détourna les yeux.

— C'est plus fort que moi !

Mélanie avait du chagrin pour son ami mais elle n'y pouvait rien. Il n'existait qu'une seule solution : ne plus le revoir, décida-t-elle. Elle se leva, repoussa sa chaise et prit son sac.

— Je vous remercie pour le thé, Adrian.

— Ne partez pas tout de suite, protesta-t-il en lui saisissant le poignet.

— Il le faut.

— A quelle heure James revient-il ?

— Il... il ne rentrera pas dîner ce soir. Il travaille.

— Nous mangerons ensemble.

— C'est impossible.

— Pour me prouver que vous ne m'en gardez pas rancune, insista-t-il.

Elle réfléchit un court instant avant d'accepter.

— C'est entendu, Adrian ; mais je dois être de retour avant huit heures et demie.

Il l'emmena dans un charmant petit restaurant et malgré ses appréhensions, la jeune femme fut contente de se retrouver en sa compagnie. Ce repas lui rappela ses joyeuses sorties à l'époque où James Kerr n'avait pas encore perturbé sa paisible existence, où il ne l'avait pas encore forcée à contracter un mariage voué, dès le départ, à l'échec.

Elle tenta de chasser ces pensées moroses pour concentrer son attention sur les propos d'Adrian mais l'image de James lui revenait sans cesse à l'esprit et le remplissait d'un étrange sentiment de culpabilité. Pourtant, elle n'avait aucune raison de se sentir fautive, se dit-elle, mais quel ne fut pas son soulagement lorsque le jeune homme la déposa chez elle !

— Quand vous reverrai-je ? s'enquit-il en pénétrant à sa suite dans l'appartement.

— Ce ne serait pas raisonnable de nous fréquenter trop souvent, intervint-elle gentiment.

— Mélanie...

— Vous avez toujours été un ami très cher, Adrian, l'interrompit-elle, mais maintenant que je suis mariée, nous devons mettre un terme à notre amitié.

— Vous avez raison, douce Mélanie, admit-il, le regard voilé, en prenant son petit visage entre ses mains.

Il l'embrassa tendrement sur la bouche. Elle ne songea même pas à lui résister ; c'était un baiser sans passion, le baiser de deux camarades très proches qui savent le temps des adieux venu.

— Je ne voudrais pas vous déranger !

Mélanie sursauta et repoussa vivement Adrian ; puis apercevant l'expression courroucée de son mari, elle fut frappée de terreur.

— James ! chuchota-t-elle d'une voix blanche.

Adrian fut le premier à se remettre du choc.

— Bonsoir, monsieur Kerr, prononça-t-il calmement en lui tendant la main. Adrian Louw ; je suis un ami de longue date de Mélanie.

— Vraiment ? énonça l'intéressé d'un air hautain en feignant d'ignorer la main du jeune homme. Vous partiez, je présume ?

— Euh... oui, répondit ce dernier, mal à l'aise.

— Dans ce cas, nous ne voudrions pas vous retenir.

Adrian adressa à Mélanie un coup d'œil hésitant. Mais celle-ci, devant la colère sourde de James, se hâta de déclarer :

— Au revoir, Adrian.

Il se retourna et se dirigea vers l'ascenseur. James referma alors la porte et la verrouilla ; puis il retira son veston et sa cravate, les jeta sur une chaise.

— Je vous étranglerais avec plaisir, marmonna-t-il, les dents serrées, en s'approchant de sa femme.

— James, laissez-moi vous expliquer, commença-t-elle.

Il éclata d'un rire sinistre qui lui glaça le sang dans les veines.

— Ce baiser n'avait aucune importance, protesta-t-elle.

D'une main, il l'attira vers lui ; de l'autre, il empoigna sa chevelure et la força à le regarder. Il était inutile de tenter de le raisonner, songea-t-elle en croisant ses yeux noirs de colère.

— Je n'aime pas que l'on empiète sur ma propriété privée et c'est exactement ce que faisait ce blanc-bec ! proféra-t-il durement.

— Je ne suis pas votre propriété ! rétorqua-t-elle en se débattant.

— Vous m'appartenez, que cela vous plaise ou non, fit-il d'une voix rauque et d'un baiser passionné, il la réduisit au silence.

Puis, la soulevant dans ses bras, il l'emporta dans sa chambre. Elle eut beau lui marteler la poitrine à coups de poing, le traiter de tous les noms, il la jeta sur le lit.

— Non, James ! implora-t-elle.

Mais déjà il s'allongeait sur elle et s'emparait fougueusement de ses lèvres.

— J'ai attendu assez longtemps, chuchota-t-il à son oreille en lui liant les bras contre le corps.

— Non ! hurla-t-elle à la fois effrayée et profondément troublée tandis que de sa bouche il caressait sa gorge. James, arrêtez ! bégaya-t-elle d'une voix brisée comme des larmes de désespoir perlaient à ses cils.

— *Non, pas ainsi !* criait tout son être.

— Taisez-vous ! intima-t-il.

Mélanie éclata en sanglots. Elle aimait son mari, elle le désirait ; mais elle ne voulait pas que leur première nuit se déroule dans la violence…

Soudain, il releva vivement la tête et alluma la lampe de chevet.

— J'ai horreur des femmes qui pleurent de frayeur dès qu'elles se retrouvent dans un lit ! s'exclama-t-il, la moue dégoûtée… Ou serait-ce parce que je ne suis pas le premier homme dans votre vie et vous craigniez que je ne m'en rende compte ?

L'eût-il frappée, il ne l'aurait pas blessée davantage. Profondément mortifiée, les yeux noyés de pleurs, elle s'écria :

— C'est faux !

Il se releva, sortit de la chambre et quelques secondes plus tard, Mélanie entendit la porte d'entrée claquer avec une violence telle que les fenêtres en tremblèrent.

Elle enfouit alors son visage dans son oreiller et pleura en silence.

Une heure plus tard, les yeux rougis et gonflés de larmes, elle alla se préparer une tisane à la cuisine.

Depuis son mariage, son existence était devenue invivable et elle-même ne se reconnaissait plus. Dans sa colère, James avait cherché à la posséder ; et parce qu'elle l'aimait justement, elle n'avait pu se plier à ses avances brutales. Les circonstances eussent-elles été autres, son mari l'eût-il abordée avec douceur, elle aurait été incapable de lui résister.

— Oh, mon Dieu, gémit-elle. Alors que je devrais le détester, je l'aime éperdument mais je n'ose.

Quelque peu calmée, elle termina son infusion, puis retourna dans sa chambre. Elle dormit d'un sommeil agité ; et quand elle se réveilla le lendemain matin à huit heures, James était déjà parti au bureau.

Mi-soulagée mi-déçue, Mélanie revêtit un chandail, un pantalon de laine et chaussa de hautes bottes. Elle se brossa ensuite énergiquement les cheveux, appliqua un soupçon de maquillage puis se rendit à la cuisine. Elle se servit un jus d'orange, prit la tranche de pain grillé qu'avait laissée son mari sur la table et emporta le tout sur la terrasse.

Un soleil timide filtrait à travers les nuages mais

une brise vivifiante ramena un peu de couleur à ses joues. Elle resta debout, appuyée au mur, et tout en mangeant son petit déjeuner improvisé, regarda avec nostalgie en direction du manoir de Beaulieu.

Puis elle rentra et téléphona à Barnaby pour le prier de venir la chercher.

Lorsque, quelques instants plus tard, retentit la sonnette, elle jeta sur sa montre un coup d'œil étonné. Il était impossible que ce fût déjà Barnaby, se dit-elle, les sourcils froncés, en allant ouvrir.

Quand elle aperçut Delia sur le seuil, elle demeura bouche bée.

— Mélanie, ma chère, puis-je entrer ? s'enquit l'arrivante d'un petit air sucré et sans attendre d'être invitée, elle pénétra dans l'appartement.

— Je me proposais justement de sortir, fit la jeune femme, sur la défensive, tout en s'interrogeant sur le motif de cette visite inopinée.

— Je ne dispose moi aussi que de très peu de temps mais vous pouvez sûrement me consacrer quelques minutes, énonça son interlocutrice avec un sourire mielleux.

Mélanie fut parcourue d'un frisson d'appréhension.

— Si c'est important...

— Primordial, insista Delia.

Tout en parlant, elle s'était dirigée vers le salon avec des allures de propriétaire. Puis elle prit place dans un fauteuil, croisa ses longues jambes au galbe parfait et attendit que Mélanie fût assise pour commencer.

— Je trouve que nous devrions apprendre à mieux nous connaître. Après tout, nous avons quelque chose en commun, n'est-ce pas ?

— Vous voulez dire James, je suppose.

— C'est exact, admit Delia en examinant avec attention ses ongles impeccablement vernis. Je tenais à vous avertir qu'il ne sera jamais un mari fidèle.

Mélanie fut aussitôt sur ses gardes.

— Je ne me suis jamais fait d'illusions à ce sujet.

— Cela ne vous affecte donc pas ?

— Non, mentit Mélanie. Devrais-je m'en affliger ?

Delia haussa des sourcils parfaitement dessinés.

— Vous affichez une attitude plutôt originale, je vous l'avoue ; mais sans doute est-ce préférable, étant donné les circonstances.

Elle se leva avec grâce avant de continuer :

— J'aurais bien aimé rester plus longtemps mais je dois absolument partir, ma chère... Oh, à propos, vous remettrez ceci à James, ajouta-t-elle en posant sur la table un briquet en or.

Mélanie s'était levée à son tour ; elle sentit ses genoux se dérober sous elle tandis que sa rivale expliquait :

— Il l'a oublié chez moi hier soir. Au revoir !

Et la mine triomphante, elle quitta l'appartement.

La jeune femme examina le briquet ; les initiales de son mari y étaient gravées.

Elle ferma les yeux tant elle souffrait. Par sa propre faute, elle avait poussé James dans les bras de Delia.

Elle refoula à temps les larmes qui lui brûlaient les paupières car quelques minutes plus tard, Barnaby arrivait. Déployant un effort pour se dominer, elle glissa le briquet dans le tiroir de sa table de chevet et malgré son désespoir, réussit à faire bonne figure durant tout le trajet jusqu'au manoir.

Le perspicace Miss Wilson remarqua immédiatement ses traits tirés mais elle n'en souffla mot. Quant à Mme Ryan, elle vivait désormais dans son petit univers et ne s'aperçut donc pas du changement chez sa petite-fille.

Ce fut le jour le plus triste que cette dernière eût jamais vécu et l'état de santé déclinant de sa grand-mère ne fit qu'ajouter à son chagrin.

Elle passa la journée au chevet de la malade et l'écouta avec une inquiétude croissante ressasser le passé. Où donc était la vieille dame si forte, si fière qu'elle avait connue ?

Et lorsque Miss Wilson la pria instamment de laisser sa grand-mère se reposer, la jeune femme se réfugia dans le jardin pour y pleurer en silence.

— Elle a eu une existence heureuse, Mélanie, la réconforta l'infirmière en fin d'après-midi. Tandis que la vôtre ne fait que commencer, ajouta-t-elle avec sagesse.

— Comment puis-je rechercher le bonheur alors que grand-mère...

La gorge nouée, elle s'interrompit. Miss Wilson la força à s'asseoir et fronçant les sourcils, déclara :

— Vous allez sans doute me trouver très dure, mon enfant, mais ne laissez pas le bonheur vous glisser entre les doigts parce que vous vous serez inquiétée au sujet de votre aïeule.

— Je serais une égoïste si je ne me faisais pas de souci pour elle, protesta la jeune femme, indignée.

— Vous le seriez encore davantage si votre mariage devait en pâtir !

Mélanie se raidit.

— Qu'entendez-vous par là ?

— Je ne suis pas aveugle, riposta brusquement son interlocutrice. Vous n'êtes mariée que depuis quelques semaines mais au lieu de vous épanouir, vous êtes pâle, amaigrie. Réflexion faite, la dernière fois où je vous ai vue vraiment heureuse, c'était avant le décès de votre père.

— Vous exagérez ! répliqua-t-elle.

Miss Wilson se borna à hausser les épaules et la

quitta. Demeurée seule, Mélanie fut forcée de reconnaître que l'infirmière avait dit vrai.

Quand donc avait-elle ri dernièrement? Depuis quelque temps, rien ne l'amusait plus et le moindre sourire représentait un effort. Son quotidien était si sombre que les larmes lui venaient plus facilement que le rire.

Barnaby arriva peu après; sans doute devina-t-il que la jeune femme avait besoin de rester seule avec ses pensées car le trajet du retour s'accomplit en silence.

— C'est sûrement pénible pour vous d'être obligé de me conduire, dit-elle gentiment au moment où il la déposait devant l'immeuble.

— Au contraire! se hâta-t-il d'affirmer. C'est agréable de pouvoir quitter le bureau de temps à autre, surtout un jour comme aujourd'hui!

Sur ce, il fit claquer ses doigts si fort qu'elle sursauta.

— J'allais oublier! poursuivit-il. Le patron m'a prié de vous avertir qu'il travaillerait tard ce soir. Le contrat avec les *Aciéries Unies* doit être prêt pour demain.

Elle hocha la tête en guise d'acquiescement mais son esprit était ailleurs.

— Vous disiez tout à l'heure que vous étiez soulagé de ne pas être resté au bureau. Pour quelle raison?

— M. Kerr est d'humeur massacrante, la renseigna-t-il avec un sourire résigné. Quand il est ainsi, nous nous arrangeons tous pour l'éviter mais il y a malheureusement toujours quelques têtes qui tombent.

Pourquoi James s'était-il montré insupportable ce jour-là? s'interrogea-t-elle, perplexe, en prenant l'ascenseur. Sa soirée en compagnie de Delia l'avait-elle déçu ? Ou n'était-ce pas plutôt l'innocent baiser échangé avec Adrian qui l'avait mis dans un tel état ?

Mélanie se prépara à dîner puis commença de regarder la télévision pour l'éteindre presque aussitôt. Elle tenta ensuite d'écouter des disques mais sans plus de succès. Aussi décida-t-elle de s'installer dans son lit avec un roman ; elle fut toutefois incapable de lire une seule ligne.

Au bout d'un moment, elle se résigna à refermer son livre. Elle ne dormait pas encore quand James rentra peu après dix heures. Lorsqu'il passa devant sa porte, le cœur de Mélanie se mit à battre à grands coups ; il ne s'arrêta pas néanmoins et continua jusqu'à sa chambre.

Au moindre bruit provenant de la pièce voisine, la jeune femme sursauta. Les portes de l'armoire s'ouvrirent, se refermèrent et elle entendit l'eau couler dans la douche. Puis le silence le plus absolu régna dans l'appartement. Pour quelque raison inexplicable, Mélanie était particulièrement tendue.

Soudain, elle perçut des coups discrets, puis sa porte s'ouvrit. Elle baissa les paupières, osant à peine respirer, et fit semblant de dormir. Le battant se referma à nouveau.

Sa ruse avait réussi ; elle poussa un long soupir de soulagement. Mais un instant plus tard, sa lampe de chevet s'allumait.

— J'étais sûr que vous ne dormiez pas.

Affolée, elle leva les yeux sur James, sur son visage rasé de près, sur ses cheveux encore humides, sur son torse musclé sous le peignoir bleu.

Elle s'agrippa aux couvertures pour mieux se protéger et se soulevant sur ses oreillers, demanda d'une voix tremblante :

— Que… que voulez-vous ?

— Ne prenez pas cette mine effrayée, Mélanie,

murmura-t-il en s'asseyant au bord du lit. Je veux uniquement vous parler.

— A quel sujet ?

— De choses et d'autres, dit-il nonchalamment.

Il sortit une cigarette de son étui et considéra ensuite le carton d'allumettes avec un froncement de sourcils.

— Servez-vous plutôt de ceci ! fit-elle, l'expression triomphante, en prenant le briquet dans le tiroir pour le lui tendre.

— Où l'avez-vous trouvé ? s'enquit-il, étonné.

— Delia l'a rapporté ce matin.

— Je vois, énonça-t-il, le visage impénétrable, avant d'allumer sa cigarette. N'exigez-vous pas des explications ?

— Non.

— N'avez-vous pas été vexée d'apprendre qu'en vous quittant, je suis allé aussitôt la retrouver ? demanda-t-il, mi-railleur, mi-incrédule.

Elle détourna le regard.

— Non.

— Vous mentez ! l'accusa-t-il.

Il écrasa son mégot et serra sa femme contre lui.

— C'est vrai, je mens ! répliqua-t-elle d'une voix altérée, émue de le sentir si près. C'est vrai, répéta-t-elle, la gorge nouée, j'ai été profondément humiliée quand j'ai su que... que vous vous étiez précipité dans ses bras parce que vous n'aviez remporté aucun succès avec moi. D'ailleurs, Delia semblait ravie de m'en informer.

— Vous a-t-elle laissé entendre qu'il s'était passé quelque chose entre nous ?

— Non... Mais pourquoi vous seriez-vous rendu chez elle si ce n'était pas pour... pour...

— Eh bien, il ne s'est rien produit, déclara-t-il calmement en soutenant son regard.

— Vous ne pensez tout de même pas que je vais vous croire !

— Si moi je suis prêt à croire que vous n'avez échangé avec Adrian Louw qu'un baiser amical, pourquoi n'en serait-il pas de même entre Delia et moi ?

— Hier soir, pourtant, vous étiez persuadé du contraire.

— Hier soir, j'étais en colère, souligna-t-il en lui prenant le menton pour la forcer à le regarder. Vous ai-je fait peur ?

— Oui, chuchota-t-elle.

— Est-ce pour cette raison que vous pleuriez ?

— Vous en avez tiré vos propres conclusions ! lui rappela-t-elle.

— Mélanie... murmura-t-il en lui effleurant la nuque. Dans des moments de colère, ne vous est-il jamais arrivé que les mots dépassent votre pensée ?

— Si, bien sûr, admit-elle en tressaillant sous sa caresse.

— Avez-vous compris pourquoi je vous ai parlé de cette façon ?

Elle hocha la tête, incapable de prononcer une seule parole. James lui saisit la main, en embrassa la paume, puis posa ses lèvres sur son poignet, là où son pouls battait follement.

— Vous tremblez, l'accusa-t-il tendrement avant de chercher sa bouche.

Elle tenta instinctivement de le repousser mais quand elle sentit sous ses doigts son torse musclé, elle ne se défendit plus et non seulement s'abandonna-t-elle avec délices à ce baiser mais encore y répondit-elle avec une ardeur insoupçonnée...

— James, James... chuchota-t-elle.

— Vous n'allez pas me renvoyer ? demanda-t-il d'une voix persuasive en effleurant sa gorge.

— Je... oh. James... James... vous... vous êtes le premier homme, confessa-t-elle.

— Je sais, fit-il d'une voix rauque.

Il tendit le bras et la chambre fut plongée dans l'obscurité.

Puis, il se glissa entre les draps et attira Mélanie vers lui avec une douceur infinie.

Elle tenta de résister mais les caresses de son mari se firent si exquises qu'elle oublia ses angoisses pour se livrer tout entière et s'unir à lui dans une étreinte passionnée. Elle l'aimait, le reste n'avait plus aucune importance.

Et un peu plus tard, quand, lasse et comblée, elle se blottit contre James, elle sut qu'elle se rappellerait toute sa vie leur première nuit de bonheur.

8

Un nouveau jour se levait sur Johannesburg. Mélanie s'étira et étouffa un bâillement. Soudain, elle prit conscience d'une présence inhabituelle à ses côtés. Elle s'empressa d'ouvrir les yeux et aperçut James, allongé sur le dos tout contre elle. Puis elle se rappela et ses lèvres esquissèrent un doux sourire.

C'est alors qu'elle remarqua les cicatrices que lui avait décrites Barnaby. Elle les effleura du doigt avec amour. Se sentant observée, elle tourna la tête ; son mari la regardait, la mine amusée.

Pour cacher son émoi, elle demanda :

— Pourquoi ne pas m'avoir dit la vérité au sujet de ce lion ?

— Dois-je en conclure que mon homme de confiance a commis une indiscrétion ? s'enquit-il.

— J'avais présumé que vous aviez abattu le fauve d'un coup de carabine et Barnaby s'est empressé de me reprendre, répliqua-t-elle, sur la défensive. Vous avez fait un beau geste en sauvant la vie de ce garçon.

— J'ai agi uniquement par instinct de conservation, riposta-t-il brusquement. Quand un lion souffre, il est particulièrement dangereux. C'était lui ou nous.

Sur ce, il s'appuya sur un coude et regarda Mélanie.

— Vous ressemblez à une petite fille ce matin avec vos cheveux épars sur l'oreiller, prononça-t-il doucement. Mais vous avez un corps de déesse, je l'ai bien vu cette nuit, ajouta-t-il avec une moue sensuelle.

— Oh, vous êtes incorrigible ! s'exclama-t-elle, rougissante.

Il la prit dans ses bras. Envahie d'une délicieuse langueur, elle s'accrocha à son cou et tendit la bouche pour recevoir son baiser. James, toutefois, se borna à déclarer en riant :

— Je suis incorrigible... Ah bon !

— Parfois, oui, répondit-elle, défaillant sous ses caresses. Vous donnez d'une main mais vous faites en sorte de toujours prendre de l'autre.

— C'est la vie, non ? railla-t-il gentiment.

Il se pencha enfin, prit ses lèvres et elle s'abandonna avec ravissement à son étreinte jusqu'à ce que, tout à coup, une pensée lui vint à l'esprit.

— James... commença-t-elle. Quand vous êtes allé chez Delia l'autre soir, aviez-vous l'intention de passer la nuit avec elle ?

— Oui, avoua-t-il en effleurant le lobe de son oreille nacrée.

— Dans ce cas, pourquoi n'êtes-vous pas resté ?

— Parce que ma victoire sur vous n'en aurait été que diminuée, expliqua-t-il en caressant sa gorge.

— Une victoire ? Est-ce donc tout ce que cela veut dire pour vous ? s'enquit-elle, incapable de cacher sa déception.

— Cela devrait-il signifier davantage ?

— Non, probablement pas, mais...

— Vous parlez trop, l'accusa-t-il d'un ton dur.

Il la fit taire d'un baiser. Elle eut beau essayer de

résister, son corps avait des exigences contre lesquelles elle ne put lutter.

Un peu plus tard dans la matinée, après le départ de James au bureau, Mélanie réfléchit aux événements des deux derniers jours et fut envahie d'une peur irraisonnée. Alors qu'elle était passionnément amoureuse de son mari, qu'adviendrait-il d'elle s'il décidait de rompre leur union ?

Tentant d'imaginer l'avenir sans lui, elle frémit à la pensée du vide de son existence si elle se retrouvait seule.

Elle préparait son petit déjeuner quand le téléphone sonna. Croyant que c'était James, elle courut répondre.

— J'aurais voulu vous appeler hier mais je n'étais pas en ville, fit Adrian tandis que la jeune femme ravalait sa déception. Est-ce que tout va bien, Mélanie ?

— Mais bien sûr ! répliqua-t-elle sèchement.

— Votre mari était-il très en colère ?

— Oui, mais j'ai réussi à lui expliquer la situation sans toutefois entrer dans le détail.

Son interlocuteur ne mit pas en doute ce pieux mensonge.

— Tant mieux, soupira-t-il. J'aurais été malheureux si par ma faute il...

— N'y pensez plus, Adrian, s'empressa-t-elle de le rassurer. C'était un baiser purement amical et il l'a bien compris.

— Je ne pense pas que nous nous revoyions, annonça-t-il avant d'expliquer : J'ai obtenu de l'avancement et ma société me transfère au Cap ; je pars en fin de semaine.

Ce fut une dure secousse pour Mélanie mais en même temps, elle fut ravie pour son ami.

— Je suis certaine que vous vous plairez là-bas.

— Oui... sûrement.

Il hésita un court instant comme s'il voulait ajouter quelque chose ; mais il changea manifestement d'avis car il se contenta de prononcer à voix basse :

— Adieu, Mélanie, et soyez heureuse.

Sans lui laisser le loisir de répondre, il raccrocha. Mélanie reposa tristement le récepteur. Avec le départ d'Adrian se terminait un autre épisode de sa vie. Bientôt il ne lui resterait plus que James.

— James... murmura-t-elle avec désespoir.

Il l'avait arrachée à sa paisible existence, il avait bouleversé sa vie sans vergogne ; et après s'être lassé d'elle, il l'abandonnerait cruellement...

Mélanie chassa vivement ces pensées moroses et sortit faire les courses en prévision du dîner qu'elle préparerait ce soir-là. Il lui fallait absolument s'occuper pour ne plus songer à cet avenir triste et solitaire qui serait bientôt le sien.

A cinq heures et demie, le téléphone sonna à nouveau. C'était James.

— Mélanie, j'aimerais que vous descendiez au sous-sol.

Affolée, elle sentit son pouls s'accélérer.

— Pourquoi ? Est-il arrivé un malheur ?

— Non mais je vais en faire un si vous ne venez pas immédiatement ! répliqua-t-il impatiemment.

— J'arrive ! affirma-t-elle avant de raccrocher.

Elle courut à la cuisine, retira son tablier et éteignit le four ; ainsi le repas ne risquait pas de se gâter, se dit-elle. Puis elle sortit, verrouilla la porte et prit l'ascenseur.

Que s'était-il passé ? Pourquoi James avait-il insisté pour qu'elle descende sans délai ? Etait-il blessé, donc dans l'impossibilité de monter à l'appartement ?

Quand les portes se rouvrirent, elle était au bord

de la panique. Et sortant précipitamment de l'ascenseur, elle se heurta contre son mari.

— James ? suffoqua-t-elle en le fixant avec anxiété. Est-ce que tout va bien ?

L'industriel, le regard impassible, haussa un sourcil interrogateur.

— Pour quelle raison ?

— Je... Vous sembliez si pressé que j'ai cru...

— Vous avez cru que j'avais eu un accident ? termina-t-il, étonné.

— Oui, avoua-t-elle en baissant les yeux tout en tentant de recouvrer son sang-froid.

— C'est la première fois que l'on s'inquiète à mon sujet, prononça-t-il d'une voix très douce.

Elle brûla soudain de glisser ses mains sous son veston et de se blottir contre lui ; mais elle réfréna bien vite cette folle envie.

— Pourquoi désiriez-vous que je vienne vous retrouver ?

— J'ai quelque chose à vous montrer.

Il lui prit la main et l'entraîna vers une voiture de sport rouge garée à côté de la Jaguar. Le cœur battant, Mélanie leva vers son mari un regard incertain.

— C'est à vous, dit-il brusquement.

Elle effleura du doigt la corrosserie impeccable de la petite Triumph.

— Elle est superbe mais...

— Elle est également très rapide ; il faudra prendre garde en la conduisant, l'interrompit-il.

Il saisit dans sa poche un trousseau de clefs et déverrouilla la portière.

— Je ne puis l'accepter, James.

— Pourquoi ? s'enquit-il froidement.

— Parce que je vous dois déjà beaucoup d'argent.

Il esquissa de la main un geste impatient.

— Je ne vois pas le rapport.

— Moi je le vois très bien, au contraire, protesta-t-elle, malheureuse.

— Mélanie…

— Non, James, trancha-t-elle en luttant contre les larmes qui montaient. Vous êtes très bon de me l'offrir mais je ne puis l'accepter. Je vous en prie, je…

— Mélanie ! articula-t-il en la saisissant par les épaules. *Oubliez cette dette !*

— L'oublier ? répéta-t-elle, incrédule. Comment pourrais-je l'oublier alors que c'est la raison même de notre mariage ?

— L'une des raisons, corrigea-t-il d'un ton brusque.

— Oui, l'une des raisons, acquiesça-t-elle amère-ment en prenant conscience que l'amour n'était pour rien dans leur union. Oh, James… chuchota-t-elle d'une voix lasse en posant sa tête sur sa poitrine.

— Allons, venez ! fit-il, agacé. Je veux que vous essayiez votre voiture.

— James…

— J'insiste !

Elle finit par céder. Elle s'installa au volant, James à ces côtés, et traversant la ville, se dirigea instinctivement vers le manoir de Beaulieu. Le véhicule était nerveux, puissant ; aussi, malgré ses réticences, la jeune femme prit-elle un réel plaisir à la conduire.

— Comment la trouvez-vous ? s'enquit James alors qu'ils s'engageaient sur la grand-route.

— Merveilleuse ! fut-elle forcée d'admettre.

— Vous vous arrêterez un peu plus loin, suggéra-t-il.

Quand elle eut garé l'automobile sous un bouquet d'arbres et coupé l'allumage, James se tourna vers elle.

— Vous ai-je convaincue d'accepter mon cadeau ?

Mélanie réprima un sourire et regardant droit devant elle, déclara :

— Comme je ne puis exiger que Barnaby continue à me servir de chauffeur et comme vous refusez que je prenne l'autobus...

— Enfin vous entendez raison !

Elle fronça les sourcils.

— J'essaie de chercher des prétextes pour ne pas me sentir mal à l'aise en acceptant ce présent.

James détacha sa ceinture de sécurité et se pencha vers Mélanie.

— Vous m'intriguez.

— Vraiment ? répliqua-t-elle en feignant la désinvolture tandis qu'il posait une main sur sa nuque.

— Vous êtes la première femme que je rencontre qui se sente obligée de trouver des excuses pour accepter l'un de mes cadeaux. En général, elles me remercient gentiment comme s'il était de mon devoir de les choyer.

— Je serais incapable de recevoir un présent dans ces conditions.

— Je sais. Et maintenant, si vous m'embrassiez pour me remercier ?

Elle présenta sa bouche dans l'intention de lui donner un petit baiser. Mais James exigeait davantage et se mit à la caresser avec une telle passion qu'à son tour elle détacha sa ceinture de sécurité pour se blottir contre lui. Chaque fois qu'elle se lovait dans ses bras, elle oubliait tous ses soucis, toutes ses craintes, toutes ses incertitudes.

— Si nous rentrions à la maison ? murmura James d'une voix rauque à son oreille.

Les joues en feu, elle consentit d'un signe de tête sans toutefois oser le regarder ; puis d'une main tremblante, elle mit le contact et reprit en silence le chemin de Johannesburg.

Durant les semaines qui suivirent, Mélanie ne sut jamais très bien où elle en était exactement avec James. Il pouvait en effet se montrer très distant ou merveilleusement tendre. Déroutée, voire frustrée par ce comportement, elle savait qu'il n'aurait aucun scrupule à la chasser dès qu'il se serait lassé d'elle ; elle gardait cependant une lueur d'espoir et souhaitait qu'un jour il éprouve envers elle un peu d'affection.

Ils croisèrent Delia Cummings à plusieurs reprises dans des réceptions. Si l'industriel n'encouragea pas ses avances, il ne fit rien néanmoins pour les décourager. Il était inévitable que les journaux s'interrogent sur leur compte et certains allèrent même jusqu'à suggérer que James et Delia n'avaient en réalité jamais rompu. Tous ces ragots exaspéraient Mélanie, l'humiliaient, mais elle n'osait l'avouer de peur de se trahir.

— J'ai vu votre grand-mère aujourd'hui, lui annonça-t-il un soir à brûle-pourpoint comme il entrait dans sa chambre après avoir pris une douche.

Avec pour tout vêtement une serviette autour de ses hanches étroites, il était terriblement viril. Mélanie en fut troublée.

Furieuse contre elle-même, elle lui tourna le dos et répliqua sèchement :

— Qu'êtes-vous allé faire chez elle ? Vérifier combien de temps il lui restait à vivre pour savoir à quel moment vous pourriez réclamer votre dû ?

— Cette remarque était de trop ! rétorqua-t-il d'une voix si cinglante qu'elle tressaillit.

— Je suis navrée.

— J'ai rendu visite à votre grand-mère parce que je l'aime bien, figurez-vous, et qu'elle s'interrogerait si je ne manifestais aucun intérêt pour sa santé, expliqua-t-il plus calmement. Mais puisque vous avez parlé d'argent, il y a un sujet dont j'aimerais discuter avec vous.

Mélanie resserra nerveusement la ceinture de son déshabillé de soie tandis que son mari s'approchait d'elle.

— Qu'avez-vous fait du chèque que je vous avais donné pour vos dépenses personnelles ? poursuivit-il.

Elle se raidit.

— Pourquoi tenez-vous à le savoir ?

— Parce qu'il n'a pas encore été encaissé.

— Oh !

Il la saisit par les épaules et la força à le regarder.

— Qu'en avez-vous fait, Mélanie ? Répondez-moi sinon je ne vous laisserai pas en paix.

Les yeux baissés, elle murmura :

— Je l'ai déchiré.

Il la relâcha aussitôt.

— Auriez-vous l'obligeance de m'expliquer pourquoi ?

— Je possède des économies et je ne me sens pas le droit d'en accepter davantage de vous.

— Vous êtes ma femme, Mélanie.

Elle haussa les épaules avec une indifférence feinte et se dirigeant vèrs sa coiffeuse, entreprit de ranger flacons et peignes.

— Je suis votre femme tant que la dette de mon père ne sera pas remboursée, dit-elle, ou tant que vous voudrez bien de moi.

Il lui attrapa violemment le bras et d'une secousse, la força à lâcher sa brossse et à se retourner vers lui.

— Vous êtes ma femme tant que je ne vous aurai pas chassée et d'ici là, vous accepterez mon argent, que cela vous plaise ou non ! Me suis-je bien fait comprendre ?

— Vous ne pouvez me contraindre à l'accepter, James, insista-t-elle en relevant fièrement la tête sans se laissser démonter par son regard furibond.

— Je suis prêt à gager le contraire !

Il avait parlé d'une voix dangereusement calme mais ses doigts n'avaient cessé de s'enfoncer dans la chair tendre de son poignet.

— Vous me faites mal ! suffoqua-t-elle.

— Si je ne me retenais pas, je vous donnerais une bonne correction, proféra-t-il, les dents serrées, en l'attirant brutalement vers lui.

Il l'embrassa d'abord avec colère, comme s'il souhaitait la punir ; puis sa fureur fit place à la passion et Mélanie, prise au dépourvu, ne put qu'y répondre.

Quelques instants après, il la souleva dans ses bras et la transporta vers le lit.

— Vous êtes la femme la plus exaspérante que j'aie jamais rencontrée, déclara-t-il un peu plus tard quand leur ardeur assouvie, ils se retrouvèrent allongés côte à côte dans l'obscurité.

— Mais vous voulez bien de moi ! répliqua-t-elle avec une audace dont elle fut la première étonnée.

James éclata d'un rire doux.

— Oui, c'est vrai.

— La question est de savoir pendant combien de temps...

— Qui sait ? soupira-t-il. Quelques mois ? Un an ? Si vous réussissez à me retenir plus longtemps, c'est que vous êtes une femme remarquable.

Sur ce, il posa sur ses lèvres un bref baiser et se retourna.

Cette remarque cruelle atteignit Mélanie en plein cœur, tel un coup de poignard. Luttant contre les larmes, elle murmura :

— James...

— Oui ?

— Avez-vous déjà été amoureux ?

Il demeura silencieux pendant si longtemps qu'elle crut ne pas avoir été entendue. Puis il alluma la lampe et s'appuyant sur un coude, regarda fixement sa jeune femme.

— Pourquoi me posez-vous cette question ?

— Je me le demandais, voilà tout, répliqua-t-elle, d'un ton faussement désinvolte. Vous ne m'avez pas répondu soit dit en passant.

— Disons que j'ai été bien près d'aimer mais en réalité, il n'y a pas de place pour l'amour dans ma vie.

— Nous avons tous besoin d'aimer et d'être aimés, riposta-t-elle.

— Je ne partage pas vos conceptions romantiques ; je suis un réaliste, répliqua-t-il froidement. Le désir est une émotion très prosaïque que la plupart des gens peuvent comprendre et ressentir. N'est-ce pas l'un des besoins fondamentaux du genre humain ?

— Le désir est comme un feu de bois, protesta-t-elle doucement, heureuse de le sentir tout près d'elle. Quand il a fini de brûler, il ne reste que des cendres.

— Il n'y a rien d'éternel, proféra-t-il durement en se retournant de nouveau sur le côté avant d'éteindre.

— James...

— Dormez ! ordonna-t-il.

Mélanie se tut mais fut incapable de trouver le sommeil. James, lui, s'endormit ; et ce fut uniquement lorsque inconsciemment, il passa un bras autour de sa taille, qu'elle s'assoupit enfin.

Le lendemain, il lui annonça qu'il se rendait au Cap pour affaires.

— Quand rentrerez-vous ? s'enquit-elle, malheureuse, en le regardant préparer sa valise.

— Je prendrai le premier avion demain matin mais je me rendrai directement au bureau. Je vous reverrai donc demain soir.

Il effleura ses lèvres d'un baiser et partit aussitôt. Mélanie éprouva alors le sentiment atroce qu'il venait de la quitter à jamais.

Dans l'appartement régnait un silence accablant. Aussi la jeune femme décida-t-elle de glisser quelques effets dans un sac et de se rendre au manoir de Beaulieu.

Quand elle arriva à destination toutefois, elle trouva Miss Wilson, extrêmement inquiète, au chevet de sa grand-mère et quelques heures plus tard, il fallut appeler le docteur Forbes.

Mélanie comprit alors que la fin était proche. Le médecin eut un haussement d'épaules impuissant lorsqu'elle l'interrogea.

— J'ai fait tout ce qui était humainement possible pour la sauver, déclara-t-il seulement comme elle le raccompagnait à la porte. A votre place, Mélanie, ajouta-t-il, je demeurerais ici ce soir ; Miss Wilson aura peut-être besoin de vous.

— J'avais prévu de passer la nuit ici, dit-elle.

Il approuva d'un signe de tête et sortit de la maison.

Jamais la jeune femme n'avait connu une telle détresse. Tout espoir était perdu et il ne restait plus maintenant qu'à attendre le tragique dénouement. Et la longue veillée au chevet de la moribonde débuta.

En fin d'après-midi, la vieille dame releva les paupières, regarda fixement sa petite-fille et remua les lèvres. Celle-ci se pencha pour mieux saisir ses paroles.

— James s'occupera bien de vous, chuchota la malade d'un ton las. Aimez-le, il le mérite.

Elle acquiesça d'une voix tremblante puis entendit

sa grand-mère pousser un soupir rasséréné. Le cœur glacé d'effroi, elle tourna aussitôt vers Miss Wilson un regard anxieux...

— Est-elle... ?

— Elle se repose, la rassura calmement l'infirmière.

Mme Ryan néanmoins ne devait plus rouvrir les yeux.

Les heures s'écoulèrent, interminables. Assise sur une chaise droite, la main de son aïeule dans la sienne, Mélanie était courbaturée. A un moment donné, elle se cambra le dos en essayant de ne pas attirer l'attention de la garde ; mais cette dernière s'en aperçut.

— Pourquoi n'allez-vous pas vous reposer, Mélanie ? Si son état s'aggrave, j'irai vous chercher.

Mais la jeune femme secoua la tête.

— Je préfère rester ici, je vous remercie.

L'infirmière haussa les épaules, se leva pour prendre le pouls de la malade puis se rassit ; et la veillée continua.

Mélanie se souviendrait sa vie durant de cette longue nuit. Etait-ce possible que cette agonisante aux joues émaciées fût sa grand-mère, la femme qui l'avait élevée et lui avait servi de mère ? Elle refoula vivement les larmes qui embuaient ses yeux et une fois encore, se cambra le dos.

A l'aube, la vieille dame laissa échapper un long soupir. Puis un silence de mort tomba sur la pièce.

— C'est fini, mon enfant, énonça calmement Miss Wilson après un bref examen.

Elle tira le drap pour en couvrir le visage paisible de la défunte puis elle prit le bras de Mélanie.

— Descendons ; je dois téléphoner au médecin.

La jeune femme se laissa entraîner hors de la chambre.

Demeurée seule au salon, elle ouvrit les rideaux et observa les premières lueurs du jour blanchir l'horizon. Bientôt le soleil se lèverait sur la ville... mais non pas dans son cœur, songea-t-elle. Le départ de son aïeule avait fait un grand vide ; elle n'avait plus que James désormais et bientôt il ne voudrait plus d'elle...

« Aimez-le, il le mérite, lui avait recommandé sa grand-mère. »

Elle agrippa les lourdes tentures. Le soleil rosissait maintenant le ciel.

— Le problème justement c'est que je l'aime trop ! gémit-elle.

Des pas s'approchaient. Malgré ses efforts pour se dominer, elle se sentit soudain défaillir.

— Le docteur Forbes arrivera d'une minute à l'autre, annonça Miss Wilson en pénétrant dans le salon.

— A quoi bon ? dit Mélanie d'une voix étranglée. Elle est *morte !*

L'infirmière remarqua alors la pâleur de son interlocutrice et se précipita pour la soutenir.

— Asseyez-vous, mon enfant, vous êtes livide.

— Je me porte très bien, je...

Un voile noir passa devant ses yeux.

— Je crois que je... je vais me trouver mal, ajouta-t-elle avant de perdre connaissance.

Quand elle souleva les paupières, le salon était baigné de soleil ; le médecin et Miss Wilson l'observaient avec anxiété.

— Que... qu'est-il arrivé ? s'enquit-elle en tentant de se redresser.

— Vous vous êtes évanouie, expliqua la garde en la forçant à rester allongée sur le canapé.

— Oh... oh, oui, je me rappelle, murmura la jeune femme en portant une main lasse à son front.

J'ai été ridicule, je suis navrée, ajouta-t-elle, embarrassée.

— C'est fréquent en début de grossesse, intervint le praticien avec un sourire rassurant tout en refermant sa trousse.

— En début de... quoi? interrogea faiblement Mélanie, en souhaitant de tout son cœur avoir mal entendu.

— N'étiez-vous pas au courant? demanda-t-il, incrédule.

— Je... je l'ignorais complètement. Je...

Elle s'interrompit. Pourtant tous les symptômes s'étaient présentés mais elle avait été trop préoccupée pour y prêter attention. Elle enfouit son visage entre ses mains.

— Oh, non! *Non!* gémit-elle face à l'atroce vérité.

Miss Wilson l'entoura aussitôt d'un bras protecteur.

— Je téléphone de ce pas à votre mari pour le prier de venir vous chercher.

— Non! se récria-t-elle en se redressant vivement. James était au Cap hier et je doute qu'il soit de retour. Tout ira très bien, n'ayez crainte et... je vous en supplie, ne lui en soufflez mot! Je... je ne veux pas qu'il... sache au sujet du bébé... du moins, pas tout de suite!

— Nous garderons le secret, Mélanie, puisque vous y tenez absolument, promit l'infirmière. N'est-ce pas, docteur? ajouta-t-elle à l'adresse du médecin.

— Oui, acquiesça-t-il de mauvaise grâce.

Le praticien partit peu après, non sans avoir recommandé à sa patiente de ne pas conduire tant qu'elle ne se sentirait pas mieux. Flora servit ensuite le petit déjeuner dans la salle à manger mais Mélanie ne put avaler une seule bouchée.

Épuisée par sa nuit de veille, la jeune femme avait

de grands cernes mauves sous les yeux et son chagrin était tel qu'elle était incapable de verser une seule larme. Pour ajouter à sa douleur, elle savait que James serait horrifié d'apprendre la venue d'un enfant.

— N'avez-vous pas encore terminé votre collation ? s'enquit Miss Wilson en revenant à la salle à manger après avoir passé quelques communications téléphoniques.

— Je n'ai pas faim, chuchota-t-elle. Avez-vous… ?

— J'ai fait le nécessaire, la rassura l'infirmière. Quand annoncerez-vous à votre mari… le décès de votre grand-mère ?

Mélanie glissa une main dans sa chevelure en désordre et soupira.

— Je vais d'abord aller à la maison pour faire ma toilette et me changer puis, je me rendrai à son bureau.

Son interlocutrice l'observa pensivement.

— Il est venu rendre visite à votre grand-mère à plusieurs reprises au cours des dernières semaines ; étiez-vous au courant ?

— Je l'ignorais, répondit-elle, trop lasse pour s'en étonner. Et vous, Miss Wilson, quels sont vos projets ?

— Je prendrai quelques jours de vacances puis je chercherai un autre emploi, déclara l'infirmière.

Malgré son apparente désinvolture, cette dernière était affectée par le décès de Mme Ryan ; Mélanie le vit à son regard et en fut touchée.

— Resterez-vous au manoir jusqu'à ce que nous ayons pris des dispositions concernant les domestiques et la maison ?

— Bien sûr, mon enfant, affirma son interlocutrice avec un sourire affligé. Ils seront tristes de partir ; ils sont ici depuis si longtemps !

— Je sais.

— Maintenant que vous attendez un bébé, il faut songer à le loger convenablement ; un appartement situé au dernier étage d'un grand immeuble n'est pas un endroit idéal pour élever un nourrisson. Envisageriez-vous de revenir habiter le manoir avec votre mari ?

— Je... ne crois pas... prononça Mélanie, embarrassée. Miss Wilson, je... je vous suis très reconnaissante de toutes vos bontés à l'égard de ma grand-mère.

— Ne me remerciez pas, mon enfant, répliqua-t-elle en serrant la main de la jeune femme dans la sienne. Cela m'a fait grand plaisir, au contraire.

Mélanie s'empara de son manteau et de son sac et après avoir salué l'infirmière, elle regagna l'appartement.

Elle prit un bain, revêtit une robe de lainage couleur feuille-morte et s'assit ensuite devant sa coiffeuse. Elle se brossa longuement les cheveux et appliqua un soupçon de fard sur son visage sans toutefois réussir à masquer ses traits tirés, son teint pâlot.

Puis elle posa une main sur son ventre. Elle portait l'enfant de James et tout à coup, cette pensée ne la rebuta plus. Lorsque son mari ne voudrait plus d'elle, elle aurait encore ce petit pour remplir sa morne existence.

Non, il ne fallait absolument pas que James l'apprenne, il ne fallait absolument pas qu'il se sente tenu de rester avec elle car dans ces conditions, elle ne pourrait supporter la vie à deux.

9

Mélanie leva les yeux. Le building qui abritait les bureaux de la société d'ingénierie *Cyma* se détachait sur un fond de ciel hivernal. Elle se rappela la première fois qu'elle avait franchi ces grandes portes coulissantes ; elle était alors loin de soupçonner les joies et les peines que lui réservait l'avenir.

— Mélanie !

Elle se retourna ; c'était Barnaby, les yeux rieurs.

— Bonjour, Barnaby, prononça-t-elle, le sourire tendu, en évitant son regard inquisiteur. James est-il là-haut ?

— Bien sûr, répondit-il. Je vous accompagne jusqu'à l'ascenseur.

Ils traversèrent le hall, puis la jeune femme pénétra dans la cabine qui se mit en marche.

La secrétaire de son mari n'était pas à son poste mais la porte du bureau était entrouverte. Mélanie frappa et entra.

Elle s'immobilisa aussitôt sur le seuil et crut défaillir. Delia, blottie contre james, avait passé ses bras autour de son cou.

— Mélanie ! s'écria ce dernier en se dégageant vivement.

Leurs regards se croisèrent.

Non, je ne dois pas m'évanouir ! songea Mélanie

avec un effort désespéré pour se maîtriser. Non, pas ici, pas maintenant !

— Comme vous avez mauvaise mine, ma chère ! remarqua Delia en s'enveloppant dans sa fourrure comme si de rien n'était. Il faut être plus coquette si vous voulez garder votre mari !

— Cela suffit, Delia ! Laissez-nous, je vous en prie, jeta James d'un ton dur sans quitter des yeux le petit visage de son épouse.

— Mais nous devions déjeuner ensemble ! protesta le mannequin.

— Un autre jour ! répliqua-t-il sèchement.

— Je ne voudrais pas déranger vos projets, remarqua froidement Mélanie qui entre-temps s'était quelque peu ressaisie. J'avais à vous parler, James, mais cela peut attendre.

— Il n'en est pas question ! trancha-t-il.

Comme Mélanie se retournait pour partir, il se précipita pour la retenir ; il lui prit le poignet et la força à rester auprès de lui.

— Vous fermerez la porte derrière vous, Delia !

— Mais mon chéri... riposta cette dernière avec une moue boudeuse tout en lançant sur sa rivale un coup d'œil fielleux.

— Nous causerons une autre fois ; pour le moment, je désire être seul avec ma femme, insista-t-il durement en lui indiquant la porte du doigt.

Mélanie eut presque pitié de Delia quand elle la vit rougir jusqu'à la racine des cheveux.

— Fort bien, acquiesça l'intéressée, furibonde.

Et sur ce, elle prit son sac, sortit majestueusement de la pièce et referma à toute volée.

Les nerfs à vif. Mélanie sursauta. James la prit par les épaules et la retourna vers lui.

— Vous ne seriez pas venue ici si vous n'aviez pas eu une nouvelle importante à me communiquer, énonça-t-il lentement. Est-ce au sujet de votre grand-mère ?

Elle confirma d'une voix blanche :

— Elle est morte à l'aube.

— Est-ce Miss Wilson qui vous a téléphoné ?

Elle secoua la tête et sentant ses forces la quitter, alla s'asseoir.

— Je n'avais pas envie de passer la nuit seule. Donc, hier matin, après votre départ pour l'aéroport, je me suis rendue au manoir. Quand je suis arrivée, ma grand-mère était au plus mal et on a fait venir le docteur Forbes. Nous avons passé la nuit à son chevet, Miss Wilson et moi, ajouta-t-elle avec un frisson.

— Vous l'avez donc assistée dans ses derniers moments ? s'enquit-il d'une voix très douce.

— Oui.

— Pourquoi ne pas m'avoir téléphoné au lieu de venir jusqu'ici en voiture ? Vous êtes sûrement épuisée après cette nuit blanche ?

Si seulement elle avait téléphoné ! songea-t-elle, désespérée. Elle n'aurait pas été témoin de... Elle se ressaisit vivement.

— Je... je tenais à vous voir... je préférais ne pas vous l'annoncer par téléphone.

Elle fixa le sol de peur de croiser le regard de son mari. Puis il se détourna et elle l'entendit verser un liquide dans un verre.

— Buvez, fit-il calmement en lui tendant une boisson.

— Je n'ai pas...

— Buvez ! ordonna-t-il.

Elle prit le verre contre son gré mais ses mains tremblaient si fort qu'elle faillit en renverser le contenu avant de le porter à ses lèvres. C'était du cognac, devina-t-elle à l'odeur. L'eau-de-vie lui brûla la gorge, lui fit monter les larmes aux yeux, mais James la força à terminer son verre ; puis il lui offrit son mouchoir pour se tamponner les paupières.

— Je suis désolé, Mélanie, prononça-t-il en s'accroupissant devant elle.

— Pour quelle raison ? répliqua-t-elle froidement. Vous êtes maintenant libre de vendre le manoir de Beaulieu et récupérer votre dû. C'est bien ce que vous attendiez, n'est-ce pas ? De plus vous pouvez enfin rompre notre mariage et retourner auprès de Delia !

Il se redressa, affichant une expression impénétrable.

— Je vous raccompagne à la maison. Vous avez besoin de repos.

— Je suis capable de rentrer seule.

— C'est moi qui vous conduirai. Je demanderai que l'on apporte votre voiture plus tard, insista-t-il.

Une fois dans le parking souterrain, la jeune femme, prise de vertige, fut presque rassurée de sentir James la soutenir puis l'aider à monter dans la Jaguar avec une douceur inattendue. Ils n'échangèrent pas une parole de tout le trajet.

— Retirez vos vêtements et mettez-vous au lit ! commanda-t-il quand ils arrivèrent à l'appartement.

— Je ne suis pas fatiguée, riposta-t-elle.

Elle n'avait pas aussitôt prononcé cette phrase qu'il la souleva dans ses bras et la transporta jusqu'à sa chambre.

— Lâchez-moi ! hurla-t-elle lorsqu'il la déposa par terre et entreprit de déboutonner sa robe. Mais que faites-vous ?

— Je vous déshabille, déclara-t-il calmement.

— Non ! Laissez-moi ! suffoqua-t-elle. Je vous déteste, je vous hais !

— Je sais, répliqua-t-il sans se démonter. Mais

pour le moment, vous êtes exténuée ; aussi je vous conseille de vous coucher.

— Vous n'avez pas le droit de me traiter ainsi ! Je ne suis pas une enfant ! Je…

Elle perdit soudain tout contrôle d'elle-même et éclata en sanglots convulsifs tandis que son mari la mettait au lit et la bordait. Humiliée de pleurer ainsi en sa présence, elle mit tout de même un bon moment à s'apaiser.

James la laissa seule durant quelques minutes pour lui permettre de recouvrer son calme ; quand il revint, il s'assit au bord du lit.

— Vous sentez-vous mieux ? s'enquit-il.

— Oui, je vous remercie.

— Buvez ceci, dit-il en lui tendant un verre d'eau et un comprimé.

— Qu'est-ce donc ?

— Un calmant.

— Je n'en veux pas !

— Pour l'amour du ciel, Mélanie ! En ce moment, je suis mieux placé que vous pour en juger ! Trancha-t-il d'une voix si autoritaire qu'elle faillit de nouveau fondre en larmes.

Trop lasse pour discuter, elle avala le médicament.

— Et maintenant, fermez les yeux et dormez, recommanda-t-il plus gentiment en retirant sa cravate et son veston.

Elle le regarda avec stupéfaction.

— Que faites-vous ?

— Je vais rester auprès de vous pour m'assurer que vous m'obéissez, expliqua-t-il.

— Si vous vous dépêchiez, vous auriez encore le temps de déjeuner avec Delia, murmura-t-elle, les paupières lourdes de fatigue.

Il marmonna quelques paroles inintelligibles puis ajouta à voix haute :

— Dormez ! Et oubliez Delia !

Oublier Delia ! Comment pourrait-elle jamais oublier sa rivale ? songea Mélanie dans un demi-sommeil. Elle chercha la main de son mari et, réconfortée, poussa un soupir et s'endormit.

James prit toutes les dispositions concernant les funérailles et Mélanie lui en fut secrètement reconnaissante. Miss Wilson quitta le manoir de Beaulieu aussitôt après l'enterrement mais les domestiques restèrent sur place.

James n'avait pas dévoilé à sa femme ses projets pour l'avenir et elle ne lui avait posé aucune question à ce sujet. Elle gardait sur sa grossesse un silence circonspect ; mais ce secret, qu'elle aurait tant voulu partager avec lui, commençait à lui peser.

Un soir, ils furent invités chez les McAlister qui fêtaient l'anniversaire de leur fille. Pour quelque raison obscure, Mélanie s'y rendit à contrecœur et dès son arrivée chez leurs hôtes, elle comprit la raison de ses craintes. Delia Cummings s'y trouvait déjà, élégamment vêtue d'une robe rouge vif. Comment rivaliser avec une femme aussi éblouissante ? songea-t-elle alors avec douleur.

Elles se bornèrent à se saluer d'un bref signe de tête. Mélanie s'évertua à ne pas se montrer jalouse mais, à sa grande horreur, elle ne put s'empêcher d'épier James, évoluant parmi les nombreux invités qui se pressaient dans les salons.

Susan, la fille des McAlister, attira particulièrement son attention. Elle semblait si pleine d'entrain, de joie de vivre que Mélanie l'envia secrètement. A un moment donné, leurs regards se croisèrent ; la ravissante jeune fille à la chevelure blond vénitien s'excusa auprès de ses amis et vint la retrouver.

— Je n'ai pas la mémoire des noms mais vous êtes Mélanie Kerr, n'est-ce pas ? s'enquit-elle gentiment.

— C'est exact.

— Mes parents m'ont dit sur vous le plus grand bien. Papa surtout, ajouta-t-elle avec un sourire; vous lui avez fait une excellente impression.

— Je ne vois vraiment pas pourquoi, murmura-t-elle timidement.

— Il apprécie votre fraîcheur, votre franchise. Et maintenant que je vous ai rencontrée, je me range à son opinion. Je comprends pourquoi James Kerr est tombé amoureux de vous !

— Oh !

— Voilà que je vous ai embarrassée ! fit Susan en s'esclaffant. Je vous prie de m'excuser, Mélanie, mais dans la famille, nous ne mâchons pas nos mots.

— J'avais cru le remarquer, sourit la jeune femme.

— Votre mariage a fait du bruit. James Kerr était le plus beau parti de Johannesburg et je vous avoue qu'il ne me laissait pas indifférente, ajouta son interlocutrice sans aucune rancœur, en posant son regard sur l'industriel en train de discuter avec des amis. Comme il est séduisant !

— Je partage votre avis, répliqua Mélanie en riant.

— Moi, je suis bonne joueuse, heureusement ! Mais il n'en est pas ainsi pour Delia ! remarqua Susan en jetant sur sa voisine un coup d'œil curieux. Saviez-vous qu'une grande maison de couture parisienne vient de lui soumettre une proposition intéressante ? Il est probable qu'elle l'accepte.

Cette nouvelle fut pour Mélanie un rayon de soleil mais elle feignit un ton désinvolte pour répondre :

— Non, je l'ignorais.

— Si elle consent à partir pour Paris, ce serait une excellente chose, déclara la jeune fille d'un air entendu. Vous avez terminé votre champagne, Mélanie ; je vais vous en chercher un autre verre.

— Non, je vous remercie.

Sur ces entrefaites, une invitée s'approcha de Susan pour lui parler.

— Je vous prie de m'excuser, fit cette dernière à Mélanie. Mais je tiens à vous revoir ; je vous trouve très sympathique.

Mélanie la regarda s'éloigner d'un air pensif. Susan McAlister était décidément une jeune fille charmante.

« Souhaitons qu'elle ne se soit pas trompée à propos de Delia ! pensa-t-elle. Car si cette dernière quittait Johannesburg, peut-être…

A ce moment précis, Mélanie aperçut son mari et Delia sortir ensemble sur la terrasse pour disparaître dans les ténèbres. Elle pouvait dire adieu à ses illusions, songea-t-elle tristement. Il suffisait en effet que James demande au mannequin de rester en Afrique du Sud pour qu'elle se plie à sa volonté.

La jeune femme était complètement démoralisée et de retour à l'appartement en fin de soirée, elle avait pris une décision irrévocable quant à son avenir.

Pour la première fois depuis la mort de sa grand-mère, James pénétra dans sa chambre. Emue malgré elle, elle n'en continua pas moins de se brosser énergiquement les cheveux. Quand elle refusa de croiser son regard dans la glace, il effleura ses épaules d'un geste caressant.

— Mélanie…

— Ne me touchez pas, lui interdit-elle froidement.

— Qu'ai-je donc fait pour mériter cet accueil glacial ? demanda-t-il, narquois, en la forçant à se lever pour ensuite lui retirer la brosse des mains.

— Je veux ma liberté, James.

Ses yeux rétrécirent imperceptiblement mais il conserva néanmoins une expression impénétrable.

— Rien ne presse !

— J'ai le droit autant que vous d'exiger ma liberté.

— Non, ma chère Mélanie, la contredit-il en secouant lentement la tête. Vous l'obtiendrez lorsque moi j'en aurai décidé !

Sur ce, il la saisit dans ses bras. Troublée — et en même temps furieuse de l'être — elle releva fièrement le menton.

— Vous ne pouvez me forcer à rester avec vous !

— Vous semblez oublier notre pacte ! railla-t-il. Vous serez ma femme jusqu'à ce que je ne veuille plus de vous.

— Quelle sorte d'homme êtes-vous donc ? suffoqua-t-elle en se débattant comme il la soulevait pour l'emmener vers le lit. Ne voyez-vous donc pas que je n'ai pas envie de vivre avec vous ?

— Vraiment ? riposta-t-il cyniquement.

— Lâchez-moi immédiatement !

Elle poussa un cri. Sans crier gare, James venait de la laisser tomber sur le lit. Elle tenta aussitôt de lui échapper mais il bondit sur elle et lui saisissant les poignets, la retint prisonnière. Puis il l'embrassa fougueusement.

Elle faillit éclater en sanglots. Alors qu'elle aurait aimé lui résister, elle répondait au contraire avec ardeur à son baiser.

— Vous ne voulez pas me quitter, je le sais, murmura-t-il contre ses lèvres. Et si vous le niez, vous êtes une adorable petite menteuse.

— James, je vous en prie...

— N'essayez pas de me tenir tête, Mélanie. Sinon, vous risquez de vous faire très mal, la prévint-il.

La jeune femme ne pouvait plus lutter contre la fièvre qui l'envahissait. Vaincue, elle succomba à sa passion.

Les jours passèrent sans que ce sujet soit abordé de nouveau. Les rapports entre les deux époux connaissaient une accalmie qui, au gré de Mélanie, n'augurait rien de bon. Elle s'attendait constamment à ce que James lui annonce la vente du manoir ; aussi passait-elle tous ses loisirs dans la maison de son enfance à trier ses effets personnels et à dresser un inventaire. Cette pénible tâche présentait l'avantage de la distraire de ses angoisses.

Depuis ce fameux soir où elle lui avait demandé sa liberté, Mélanie avait perçu un changement chez James à qui il arrivait maintenant de l'observer longuement d'un air songeur. L'attitude de son mari la déroutait mais elle ne parvenait pas à trouver à cet étrange comportement une explication plausible.

Un après-midi où elle était sortie faire des courses, elle s'arrêta dans un salon de thé.

Assise à la fenêtre, elle dégustait sa boisson brûlante à petites gorgées quand elle entendit un bruissement d'étoffe à ses côtés. Elle releva vivement la tête et aperçut Delia, très élégamment vêtue.

— Quelle joie de vous rencontrer, ma chère ! s'exclama cette dernière de sa voix bien modulée. J'ignorais que vous fréquentiez cet endroit !

— C'est la première fois que je viens ici répliqua sèchement Mélanie, sur ses gardes tout à coup.

— Que se passe-t-il, ma chère ? s'enquit le mannequin avec un sourire gracieux que démentait son regard venimeux. Est-ce que par hasard votre mariage ne marcherait pas comme vous l'aviez espéré ?

Son interlocutrice serra les poings sous la table.

— Mon mariage marche à merveille, je vous remercie.

— Allez raconter cela à des gens plus crédules !

répliqua Delia avec un rire méchant. Il y a pourtant des indices infaillibles !

— Lesquels ? questionna innocemment la jeune femme.

— La fatigue, la tension nerveuse, expliqua-t-elle. On le lit sur votre visage !

— Vraiment ?

— Je vous avais mise en garde, souvenez-vous ! lui rappela sa rivale. James n'est pas homme à se contenter d'une seule femme ; mais moi, voyez-vous, je comprends ses petits caprices. Je vais être très franche avec vous : dans moins d'un mois, James vous aura quittée. Je le connais, il donne déjà des signes d'impatience, ajouta-t-elle avec un sourire méprisant. Je dois maintenant vous quitter ; au revoir, ma chère !

Quelques instants plus tard, Mélanie aperçut à travers les carreaux, une voiture conduite par un chauffeur qui s'immobilisait en bordure du trottoir. Puis elle crut défaillir en voyant Delia prendre place sur la banquette arrière aux côtés d'un homme aux cheveux très noirs. Puis l'automobile redémarra.

James ! pensa-t-elle aussitôt. Mais elle écarta bien vite cette idée et s'admonesta sévèrement de laisser son imagination vagabonder de la sorte.

Elle prit ses paquets, sortit du salon de thé et gagna l'appartement.

Ses terribles soupçons l'assaillirent de plus belle. Et si elle ne s'était pas trompée ? Et si c'était James dans la voiture tout à l'heure ? Mélanie se redressa vivement. Pour s'en assurer, elle n'avait qu'à téléphoner au bureau ! S'il s'y trouvait, elle dénicherait bien quelque excuse pour justifier son appel.

Elle se rendit au cabinet de travail, souleva le récepteur d'une main hésitante. Puis s'armant de courage, elle composa le numéro de la Société Cyma. La secrétaire répondit.

— Madame Howard... commença Mélanie, le cœur battant. Mon mari est-il là ?

— Non, madame Kerr, je regrette. Il est parti déjeuner et il n'est pas encore de retour.

— Oh ! se borna-t-elle à murmurer en serrant si fort le combiné qu'elle en eut les jointures toutes blanches.

— Dois-je le prier de vous rappeler quand il rentrera ? s'enquit l'employée de sa voix chaleureuse sans se douter qu'elle venait de plonger la femme de son patron dans les pires affres du désespoir.

— Non... non, ne vous donnez pas cette peine, madame Howard, dit-elle. Ce... ce n'était pas important.

Elle raccrocha et fermant les yeux, s'appuya à la table. Il était donc fort probable que l'homme qui accompagnait Delia fût son mari. Déchirée par la jalousie, elle s'affala dans un fauteuil avec un gémissement sourd.

— Oh, mon Dieu ! pria-t-elle à voix basse. Pourvu que je me sois trompée !

Puis elle bondit sur ses pieds et se mit à faire les cent pas dans la pièce, impuissante à chasser de son esprit l'image de James et Delia tendrement enlacés.

Du revers de la main, elle essuya ses larmes. Non, elle ne pouvait continuer de vivre ainsi !

— Il n'y a pas de place pour l'amour dans ma vie, lui avait-il déclaré un jour.

James était capable de désirer, soit, mais d'aimer... jamais !

Elle prit son manteau et son sac, sortit de l'appartement et se mit à errer dans les rues jusqu'à ce qu'elle eût rassemblé ses esprits.

On était maintenant en fin d'après-midi ; James rentrerait sous peu. Toutefois, la jeune femme ne se sentait pas prête à l'affronter car elle avait besoin d'un peu plus de temps pour réfléchir à ce qu'elle comptait lui dire. Elle décida donc de héler un taxi et de gagner le manoir de Beaulieu.

Elle donna l'adresse au chauffeur, puis s'adossa à la banquette et baissa les paupières, épuisée, tandis que la voiture se frayait un chemin dans la circulation dense. Dans la maison de son enfance, réfléchit-elle, elle trouverait la paix et la tranquillité auxquelles elle aspirait...

Elle régla la course et s'engagea à pas lents dans l'avenue. Le soleil déclinait rapidement à l'horizon et le vent était glacial. L'hiver prendrait fin sous peu, songea-t-elle en observant les pelouses jaunies par le gel, les arbres dénudés.

Des larmes perlèrent à ses cils. Elle ne reverrait plus le printemps dans ce parc tant chéri car bientôt cette superbe résidence serait habitée par des étrangers.

Mélanie réprima un sanglot et monta l'escalier de pierre jusqu'à la lourde porte de chêne. Puis elle se frappa le front, découragée ! Elle n'avait pas la clef dans son sac !

Refusant de se laisser abattre, elle redescendit les marches, contourna la maison et courut jusqu'au logement des domestiques. Mais il n'y avait personne ; les employés étaient tous rentrés chez eux.

Elle refoula courageusement ses pleurs et regarda autour d'elle dans l'espoir de trouver une solution. La fenêtre de l'office était haute mais petite fille, elle avait déjà emprunté ce passage pour pénétrer dans la demeure. Avisant un vieux tonneau tout près, elle le roula jusque sous la vitre puis s'y hissa. Avec sa lime à ongles, elle réussit à soulever le loqueteau ; elle ouvrit ensuite le carreau, enjamba le rebord et se laissa tomber par terre.

Après avoir refermé, la jeune femme enfila le long couloir pour se rendre au salon. Elle alluma un feu dans la cheminée puis elle alla à la cuisine se préparer un café. La maison était plongée dans un silence bienfaisant.

Quand elle revint au salon, elle avait recouvré son calme. Elle retira son manteau, s'installa confortablement devant le foyer et se mit à analyser froidement la situation.

Elle aimait James mais elle refusait de vivre plus longtemps avec lui. Dès qu'il se serait lassé d'elle, lui avait-il répété à maintes reprises, il lui redonnerait sa liberté ; aux dires de Delia, ce jour approchait rapidement. Depuis trois mois qu'ils habitaient ensemble, jamais son mari ne lui avait laissé entendre qu'il ressentait envers elle la moindre affection. Il était doux, certes... tendre même à l'occasion, mais toujours distant.

La nuit était tombée. Mélanie alluma la lampe et revint s'asseoir. Que faisait James à ce moment précis ? se demanda-t-elle. Quelle serait sa réaction quand il rentrerait à l'appartement et s'apercevrait de son absence ? Serait-il inquiet ? Ou se contenterait-il de hausser les épaules ?

Sur ces pensées, elle s'endormit. Quand elle ouvrit les yeux une heure plus tard, James se tenait debout devant elle et l'observait. Le cœur de Mélanie bondit dans sa poitrine lorsqu'elle remarqua son expression sévère ; mais déjà un autre détail attirait son attention. Son mari portait un costume gris clair et elle se rappela soudain qu'il était ainsi vêtu au petit déjeuner. En revanche, l'homme assis dans la voiture en compagnie de Delia était habillé de marine ; ce ne pouvait donc être lui.

Elle en éprouva un soulagement intense mais elle s'empressa de dominer son émotion car ils avaient encore trop de choses à se dire. Cependant, à son grand désarroi, elle ne savait ni par où commencer ni comment lui faire comprendre qu'elle ne voulait plus continuer de vivre dans l'incertitude.

144

10

— Je croyais vous trouver ici mais quand je me suis rendu compte que vous n'aviez pas emporté votre clef, j'ai téléphoné partout dans l'espoir de vous rejoindre. Puis j'ai tout de même décidé de me rendre au manoir au cas où vous y seriez, fit-il en approchant ses mains de la flamme pour les réchauffer. Comment êtes-vous entrée ?

— Par la fenêtre de l'office.

Il se retourna vivement pour lui faire face.

— Mais c'est dangereux !

Pourquoi cette attitude si étrange soudain ? s'interrogea Mélanie avant de répondre :

— Je... je suis venue ici sous l'impulsion du moment. Les domestiques étaient déjà partis donc j'ai grimpé et j'ai enjambé la fenêtre.

— Je vois, déclara-t-il simplement en arpentant la pièce. Vous aimez cette maison, n'est-ce pas ?

— Oui, répliqua-t-elle, déconcertée.

— Elle aurait bien besoin d'être remise à neuf.

— Je me proposais de le faire... autrefois, dit-elle tristement.

« Qu'est-ce qui me prend ? » se demanda-t-elle, en colère. Pourquoi ne pas lui dire ma façon de penser et en finir une fois pour toutes ?

— Aimeriez-vous revenir habiter ici ?

— Il n'en est pas question et vous le savez fort bien ! jeta sa femme, hors d'elle.

— Tout est possible, vous savez, rétorqua-t-il.

— Cessez de parler par énigmes ! l'accusa-t-elle tout en essayant de lutter contre son dangereux magnétisme.

Il posa alors sur les genoux de Mélanie une enveloppe volumineuse. Elle la regarda intensément sans oser y toucher.

— De quoi s'agit-il ? s'enquit-elle d'une voix brisée.

— Ce sont les titres de propriété du manoir de Beaulieu.

— Je ne comprends pas, murmura-t-elle, le regard incrédule.

— En ce qui me concerne, la dette de votre père est effacée et je vous redonne le manoir familial, annonça-t-il avec ce sourire suffisant qu'elle détestait tant. A une seule condition.

Mélanie se raidit.

— Laquelle ?

— Que nous restions ensemble... pour le meilleur et pour le pire.

Elle fut tentée d'y consentir mais cette proposition ne lui suffisait pas. Serrant les papiers contre son cœur, elle se leva.

— Avez-vous donc toujours recours au chantage pour obtenir ce que vous désirez ? demanda-t-elle, apparemment calme alors qu'en réalité, elle tremblait intérieurement.

— Jusqu'ici, cela m'a toujours réussi.

Profondément blessée, elle fit volte-face. Cet homme n'en faisait qu'à sa tête et tous les moyens étaient bons pour arriver à ses fins. Dès l'instant où ils s'étaient rencontrés, elle l'avait compris ; et si dans le passé, elle avait accepté ce comportement, elle ne pouvait désormais plus le supporter. Elle respira profondément pour recouvrer son sang-froid et s'avança lentement vers lui.

— Vous me stupéfiez, James, déclara-t-elle froidement. Jamais je n'ai connu un homme plus calculateur et j'espère ne pas en croiser un second sur ma route.

— Qu'entendez-vous par là ?

— Bien que j'adore cette maison, je vous la rends, articula-t-elle en lui tendant l'enveloppe avec une moue degoûtée.

— Vous rendez-vous compte de la portée de votre geste ? répliqua-t-il, pâle soudain sous son hâle.

— Je m'en rends très bien compte, figurez-vous, dit-elle fermement. Je refuse d'être contrainte à habiter avec vous. Tant que grand-mère vivait, vous aviez le dessus, ajouta-t-elle d'une voix blanche. Mais à compter de maintenant, je revendique le droit de disposer librement de mon avenir ; vous ne pouvez pas me le refuser.

Ils se faisaient face. James avait perdu sa belle assurance et soudain Mélanie eut très mal de le voir si malheureux. Après quelques instants, il releva brusquement la tête, la mine déterminěe.

— C'est entendu ! proféra-t-il en lançant violemment l'enveloppe à l'autre extrémité de la pièce. Oublions le chantage ! Accepteriez-vous de continuer de vivre avec moi ?

— Peut-être, admit-elle, son cœur battant la chamade. Mais je voudrais d'abord que vous répondiez à quelques questions.

— Lesquelles ? s'enquit-il en enfonçant ses mains dans ses poches.

Elle l'observa à travers ses paupières mi-closes, résolue à connaître la vérité, dût-elle en souffrir.

— Me priez-vous de rester avec vous uniquement parce que Delia risque de partir à l'étranger ?

— Ne soyez pas ridicule! l'accusa-t-il. L'autre soir, chez les McAlister, je lui ai clairement laissé entendre que je ne voulais plus la revoir; j'ignorais à ce moment-là qu'elle comptait aller à Paris.

— Je vois... chuchota Mélanie, brusquement soulagée.

— Avez-vous d'autres questions à me poser?

La gorge nouée, elle mit un moment avant de recouvrer la parole.

— Pour quelle raison me demandez-vous de continuer notre vie commune?

Il la fixa intensément et se détourna ensuite pour contempler le feu. Puis, il fit volte-face et les traits bouleversés, il prononça simplement :

— Parce que j'ai besoin de vous.

Elle en resta sans voix. James, en deux enjambées, la rejoignit et lui prit les épaules.

— Pour l'amour du ciel, Mélanie, parlez! Dites quelque chose!

La jeune femme, toutefois, ne parvenait pas à croire à ce bonheur inattendu.

— Pendant combien de temps aurez-vous besoin de moi, James? Jusqu'à ce que vous vous épreniez d'une autre femme? Il me faudrait être remarquable, pour vous retenir plus d'un an; vous me l'avez affirmé un jour, murmura-t-elle, au bord des larmes.

Son mari, bouleversé passa sur son front une main tremblante.

— Il n'y a rien d'éternel, rappelez-vous! insista-t-elle.

D'un geste, il la réduisit au silence.

— Vous voulez la vérité, Mélanie... la voici, dit-il d'une voix rauque.

Sentant ses genoux se dérober sous elle, elle fut forcée de s'asseoir. James retira son veston et sa cravate, puis s'alluma une cigarette.

— Dès l'instant où je vous ai aperçue aux funérailles de votre père, je me suis épris de vous, expliqua-t-il en se mettant à arpenter le sol devant la cheminée. Et quand j'ai fait votre connaissance, j'ai compris que vous étiez différente de toutes les autres femmes que j'avais connues. Je fus dès lors déterminé à vous posséder sans pour autant savoir comment y parvenir. Vous aimiez cette maison, découvris-je, mais par-dessus tout, vous vouliez protéger votre grand-mère. Vous étiez donc forcée d'accepter de m'épouser ; et si je n'avais jusqu'alors jamais envisagé de me marier, je devinai que c'était le seul moyen de vous garder auprès de moi. De toute façon, me persuadai-je en guise de consolation, il était facile de divorcer. Mais tout ne se déroula pas comme prévu, poursuivit-il après une brève hésitation. Pour la première fois de ma vie, je me mis à penser à une femme jour et nuit. Je vous désirais passionnément mais au lieu de vous contraindre à remplir votre devoir conjugal, j'acceptai de vous laisser le temps de vous adapter à votre nouvelle situation. Et pour quelque raison que je n'arrivai pas alors à m'expliquer, je cherchai à ne pas vous effrayer.

D'un geste de colère, il jeta le bout de sa cigarette dans le foyer.

— Le choc se produisit le soir où, tel un idiot, j'allai retrouver Delia chez elle, reprit-il.

— James...

— Je fus incapable de la toucher, continua-t-il, le visage torturé. Je pris alors conscience que même si je ne pouvais vous posséder, je n'aurais jamais plus d'autre femme dans ma vie. Et le jour où vous êtes entrée dans mon bureau pour m'annoncer le décès de votre grand-mère, je fus sûr de mes sentiments envers vous.

— Vous vous proposiez pourtant d'aller déjeuner avec Delia, lui rappela gentiment Mélanie.

— Oui, admit-il. Je devais absolument lui faire comprendre que c'était fini entre nous. L'occasion de le lui annoncer se présenta finalement chez les McAlister. Ce soir-là, après la réception, j'essayai de vous parler ; mais devant votre colère — car vous nous aviez sans doute vus, Delia et moi, sortir dans le jardin — je décidai d'attendre pour reprendre la discussion. Tout à l'heure, quand je suis rentré à l'appartement et que je me suis aperçu de votre absence, j'ai senti qu'il me fallait agir promptement si je ne voulais pas vous perdre.

— Aussi, pour être sûr de réussir, vous m'avez apporté les titres de propriété du manoir de Beaulieu, ne put-elle s'empêcher d'ajouter.

Il tressaillit comme si elle l'avait giflé.

— Ne vous est-il jamais venu à l'esprit, poursuivit-elle d'une voix tremblante, qu'il suffisait peut-être de me témoigner un peu d'affection ?

— Qu'essayez-vous de me dire, Mélanie ? s'enquit-il d'un ton très doux.

— Vous n'avez pas besoin de troquer mon amour contre le manoir, James. Je renoncerais volontiers à la maison de mon enfance pour demeurer à vos côtés jusqu'à la fin de mes jours.

Un instant après, elle se retrouvait dans ses bras. Il l'embrassa avec une tendresse infinie.

Puis il la souleva, telle une enfant, et alla s'asseoir dans le grand fauteuil près de la cheminée. Blottie contre lui, la jeune femme pleurait de joie.

— Je me suis parfois montré très dur durant ces trois derniers mois, je sais, mais... je vous aime, Mélanie, et vous êtes la première à qui je fais cette déclaration.

Elle crut défaillir tant elle était heureuse et leva une main pour caresser la joue de son mari.

— James... en êtes-vous certain ?

— Oui, murmura-t-il, avant d'effleurer d'un bai-

ser sa paume. Mélanie, je ne suis pas facile à vivre...
vous vous en êtes sûrement déjà rendu compte. Je
suis égoïste, possessif...

— En plus d'être arrogant et impitoyable, ajouta-
t-elle en se pendant à son cou. Oh, James, comme je
vous aime ! Quand j'ai cru que jamais vous ne
partageriez mes sentiments, j'ai failli perdre la tête !

— Comme j'ai été dur avec vous, remarqua-t-il.

— Parfois, oui, fit-elle avec une moue sévère en
lui tendant ses lèvres.

Il l'embrassa passionnément, puis :

— Peut-être ferais-je mieux de vous expliquer la
raison de mon comportement, dit-il en cachant son
visage dans sa chevelure blonde comme les blés. Mes
parents ne formaient pas un couple idéal ! Ils se
querellaient sans cesse. Un jour, mon père m'annonça que l'amour n'existait pas et je le crus sur
parole. Mes études et par la suite, mon travail
devinrent le centre de mon univers. En même temps
que la réussite, je connus beaucoup de femmes mais
aucune d'elles n'eut de réelle importance à mes
yeux.

Mélanie demeura silencieuse durant un moment,
puis elle prononça d'une voix douce :

— Pourtant vous éprouviez sûrement certains
sentiments envers Delia puisque, d'après la rumeur,
vous deviez vous marier.

— Je l'aurais sans doute épousée, en effet, si je ne
vous avais pas connue, avoua-t-il en effleurant ses
paupières. En fait, j'ai trouvé en vous ce qu'inconsciemment je recherchais, mais j'ai mis longtemps à
m'en rendre compte. Chère, adorable Mélanie...
murmura-t-il en la dévorant de baisers. J'imagine
que vous aimeriez revenir habiter la maison de votre
enfance ?

— Uniquement si vous en avez envie.

— Nous pourrions refaire les peintures, les papiers... moderniser... suggéra-t-il généreusement.

— Oh, oui, soupira-t-elle avec un sourire ému. J'aimerais beaucoup que nos enfants soient élevés au manoir de Beaulieu comme moi je l'ai été.

Son mari lui jeta un regard taquin.

— Je n'avais pas encore envisagé de fonder une famille mais je vous avoue qu'avec le temps, je finirai bien par me faire à cette idée.

Mélanie rosit légèrement et nicha son ravissant minois dans le creux de son épaule.

— Vous serez obligé de vous y habituer très rapidement, j'en ai bien peur.

— Mélanie ? chuchota-t-il, stupéfait. Parlez-vous sérieusement ?

— Oui.

— Quand l'attendez-vous ?

Elle releva la tête et esquissa un sourire radieux.

— Dans sept mois.

— Pourquoi ne pas me l'avoir annoncé ?

— Je craignais que vous ne vous sentiez obligé de rester avec moi à cause du bébé.

— Ma bien-aimée, mon adorable amour, murmura-t-il en la regardant avec une telle joie qu'elle crut défaillir de bonheur. Nous nous sommes conduits comme deux idiots, ajouta-t-il contre sa bouche.

Mélanie se laissa bercer dans les bras de son mari ; le temps n'existait plus. Soudain, elle s'écarta de lui.

— Avez-vous dîné ?

— Non, j'avais complètement oublié.

— Avez-vous faim ?

— Très. Et vous ?

— J'ai une faim de loup, admit-elle avec un rire espiègle. Si nous allions faire un tour à la cuisine ?

— Excellente idée ! approuva-t-il.

— Eh bien, qu'attendez-vous ? s'enquit-elle en se redressant.

James l'attira vers lui et l'embrassa passionnément ; puis tendrement enlacés, ils se levèrent et se dirigèrent vers la cuisine.

Trois mois plus tard, par une belle soirée de printemps, le manoir de Beaulieu était tout illuminé. James avait fait preuve d'une grande générosité ; la vieille maison avait été transformée en une demeure élégante et moderne dont se serait enorgueillie à juste titre Mme Ryan.

C'était justement à sa grand-mère que songeait Mélanie en descendant l'escalier ce soir-là ; mais malgré l'ombre de tristesse voilant momentanément son regard, elle était radieuse.

Dans le salon, James préparait les apéritifs. Il se retourna et la regarda amoureusement de la tête aux pieds ; la jeune femme portait une robe ample de couleur pêche.

— Vous ai-je déjà dit que vous étiez belle ? déclara-t-il d'une voix très douce.

Elle éclata d'un rire mal assuré et posa une main sur son ventre arrondi.

— Comment puis-je être belle ainsi ?

— Vous n'en êtes que plus ravissante. Venez tout près de moi.

Elle s'approcha de lui. Il la tint fermement contre lui et l'embrassa longuement.

— Nos invités commencent à arriver, annonça-t-elle soudain comme un vrombissement de moteur résonnait dans l'avenue.

— Quel dommage ! murmura-t-il contre sa gorge.

— C'est vous qui teniez absolument à cette pendaison de crémaillère ! lui rappela-t-elle d'un ton mutin.

— Je n'avais sûrement pas toute ma raison quand

je vous l'ai suggérée : car à vrai dire, je vous veux toute à moi... rien qu'à moi.

— Mon amour... soupira-t-elle, ravie. A vous entendre, on ne nous dirait pas mariés depuis six mois mais seulement depuis quelques semaines !

— C'est plus fort que moi ! Vous êtes si merveilleuse que j'ai envie de passer tout mon temps avec vous.

Il avait prononcé ces quelques phrases d'une voix si sensuelle qu'elle se sentit faiblir. Mais à ce moment précis, la sonnette de la porte d'entrée retentit. Mélanie donna à son mari un rapide baiser et courut ouvrir.

Barnaby Finch se tenait sur le seuil. Elle lui tendit les deux mains.

— Comme je suis contente que vous soyez venu, Barnaby !

— Vous avez été très gentille de m'inviter, Mélanie.

Son sourire se figea tout à coup sur ses lèvres.

— Bonsoir, monsieur Kerr, poursuivit-il. Je vous prie d'excuser ce lapsus.

— Vous pouvez appeler ma femme par son prénom, répliqua James sans sourciller, mais il n'en entoura pas moins les épaules de Mélanie d'un bras possessif. Allons au salon, je vous prépare un apéritif.

L'employé parut alors si soulagé que son hôtesse faillit pouffer de rire.

Les autres invités arrivèrent peu après.

Dans la grande salle à manger, Mélanie s'assit au bout de la table avec M. et Mme McAlister à sa droite ; à sa gauche étaient placés Barnaby et Susan McAlister. Les deux jeunes gens, nota-t-elle, semblaient s'intéresser particulièrement l'un à l'autre alors qu'ils venaient tout juste de lier connaissance.

— Ma chère, fit M. McAlister en posant une main

sur le poignet de Mélanie, vous êtes plus resplendissante que jamais ! Qu'avez-vous donc fait à votre mari ? On dirait qu'il s'est radouci depuis quelques mois ! Oh, très légèrement, remarquez bien ! ajouta-t-il avec un sourire espiègle.

Mélanie jeta un coup d'œil sur James ; il discutait avec l'un de ses invités. Soudain, il releva la tête. Ils s'observèrent, les yeux dans les yeux, émerveillés, éblouis de bonheur, tandis que pour eux seuls, le temps suspendait son vol. James la caressa du regard et elle rosit délicieusement alors que s'accéléraient les battements de son cœur. Puis il se détourna et reprit sa conversation avec son voisin.

James serait toujours arrogant, souvent impitoyable, songea la jeune femme, mais elle l'aimait profondément. Car, sous ce cynisme apparent, se cachaient une douceur, une tendresse qu'il ne destinait qu'à elle seule.

Les Prénoms Harlequin

MELANIE

fête : 26 janvier   couleur : orangé

Tout comme la vigne vierge, son végétal totem, celle qui porte ce prénom a besoin d'un support pour s'épanouir. Extrêmement attachée aux lieux de son enfance, elle préfère les joies simples de la vie à la campagne à l'agitation fébrile des grandes villes. D'ailleurs, comment s'y ennuierait-elle, elle qui passe son temps à se dévouer pour les autres ?

Mélanie Ryan est prête à tout pour sauver la demeure familiale, y compris à épouser cet industriel au cœur de pierre...

Les Prénoms Harlequin

JAMES

fête : 25 juillet   couleur : rouge

Le saule, végétal totem de celui qui porte ce prénom, lui accorde cette mélancolie secrète qui transparaît parfois - brève lueur - au fond de son regard. Car cet être sensible et généreux se barricade, face au monde extérieur, derrière une façade de froideur impénétrable, quitte à passer pour un personnage odieux et intolérant…

C'est en tout cas l'image que James Ken offre de lui à Mélanie, même si ses sentiments, eux, sont tout autres…

Découpez et retournez à: Service des livres Harlequin
649 rue Ontario, Stratford, Ontario N5A 6W2